KB088585

작
가
와

고
양
이

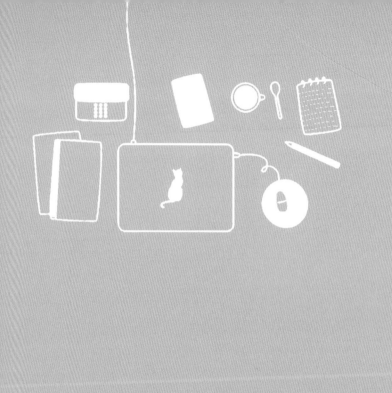

작가와 고양이

윤이형 박형서 우석훈 곽은영
SOON 염승숙 이민하 손보미
김경 이평재 김형균

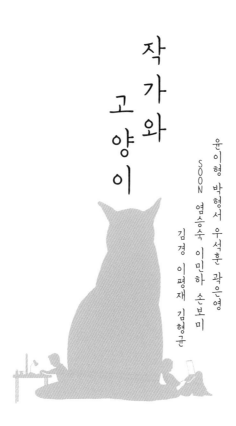

폭스코너

차례

××××××××××

ㅇㅇㅇㅇㅇㅇㅇㅇㅇㅇ

네가 될 수 없지만 너를 사랑해   ✕✕✕✕✕✕✕✕✕✕   윤이형

✕✕✕✕

소설가. 1976년생. 2005년 중앙신인문학상에 당선되어 글을 쓰기 시작했다.
소설집으로 《셋을 위한 왈츠》《큰 늑대 파랑》이 있다.
오랫동안 로망을 키우며 묘연을 기다리다
2009년 비로소 고양이 엄마로서의 삶을 시작했다.

우리 집에는 두 마리가 산다. 까탈스러운 성격의 노랑둥이 레일라(여, 6세, 코리안쇼트헤어)와 수더분하고 낙천적인 성격의 몽식이(남, 11세, 통키니즈)가 녀석들이다. 이제는 함께 늙어가는 처지가 되어 비교적 평화로운 방식으로 서로의 영역을 뒤바꾸며 지내지만, 처음 합방을 시켰을 때는 두 마리 사이의 긴장감이 어찌나 강렬하던지, 마치 여중생과 중년 아저씨를 한방에 넣어놓고 이제부터 백년해로하며 지내거라, 하고 강요하는 기분이었다.

레일라는 아기일 때 어느 시장 한복판의 복사가게 구석에서 데려온 녀석이다. 새끼 고양이를 분양받지 않겠느냐는 친구의 다급한 연락을 받고 달려가보니, 온몸의 뼈가 드러날 정도로 볼품없이 마르고 눈매가 사나운 한 녀석이 있었다. 어미가 있긴 했지만 고양이 가족 전체가 시장 사람들의 눈총을 받고 있는 상황이었고, 그중에서도 이놈은 체구가 작고 힘이 약해서 대여섯 마리쯤 되는 형제들 사이에서 제 몫의 밥을 제대로 챙겨먹지 못한 모양이었다. 녀석을 데려온 나는 한동안 살을 찌우는 데 주력했다. 에릭 클랩튼이 절친이던 조지 해리슨의 아내에게 연정을 품고 만든 노래 제목을 따서 거부할 수 없는 매력의 소유자라는 의미로 '레일라 Layla'라는 이름을 붙여주고, 내 배를 차고 나온 사람 아이를 키우듯, 까지는 거짓말이지만, 어쨌든 내 힘이 닿는 한도 내에서는 한껏 사랑해주었다. 하지만 녀석은 어린 시절의 트라우마가 원체 깊었는지 아직도 사람에 대한 경계를 좀처럼 풀지 못한다. 낮 동안 눈치를 보며 내 주위를 맴돌지만 다른 식구들 때문에 다가오지 못하고, 모두가 잠든 밤이 되어 내가 책상 앞에 앉으면 그제야 작은 소리로 울며 무릎에 올라와 사랑을 갈구한다.

레일라와는 정반대 성격을 지닌 몽식이는 탁묘를 왔다가 우리 집에 눌러앉게 된 케이스다. 몇 번인가 이사를 할 때 집을 보러 온 사람들이 정말 고양이 맞느냐, 혹시 개 아니냐고 물을 정도로(사실 가장 자주 떠오르는 동물은 판다나 바다사자다) 녀석은 사람을 좋아하고 사교성이 좋다. 낯선 사람들에게 배를 드러내며 골골거리고, 만사태평한 얼굴로 아무 데서나 벌러덩 드러누워 익살스러운 포즈를 연출한다. 사람이란 간교한 존재여서, 이런 성격을 지닌 생명체가 있으면 아무리 그러지 않으려 해도 약간은 무심하게 대하게 된다. 잘못해서 꼬리를 밟아도 어, 미안! 왜 거기 있었어? 하고 그냥 지나치고, 가끔 바쁘고 힘들 때면 그래서는 안 된다는 걸 알면서도 화를 내기도 한다. 안방에 들어가지 말라고 했잖아! 그만 울어. 조용히 좀 해. 아까 밥 줬잖아! 사람 아이가 태어난 뒤론 아이에게 신경을 쓰느라 예민해진 내가 쏟아내는 히스테리와 짜증을 묵묵히 받아내준 것도 이 녀석이다. 그래서 몽식이에게는 늘 미안하다. 다른 집에서 살다 와서 환경이 바뀌어 적응하느라 많이 힘들었을 텐데. 슬픔과 불안 때문에 그저 우는 것밖에 할 수 없는 밤들이 많았을 텐데. 낙천적이고 둥글둥글한 성정은 어쩌면 생존을 위해 표면에 띄워올린 방책일 뿐, 너 역시 누구보다 예민하고 상처받기 쉬운 마음을 속에 감추고 있을지도 모르는데. 몽식이의 눈을 옆에서 들여다보면 체리목을 깎아 만든 구슬 주위를 터키석으로 둘러싸고 그 위에 투명한 유리를 덮은 정교한 공예품을 보는 것 같다. 그 신비한 눈이 가끔 아주 슬퍼 보일 때가 있다. 나는 녀석을 한 번도 제대로 위로해준 적이 없는데, 녀석은 가끔 믿을 수 없는 방식으로 내게 위안을 선물한다. 어느 날 내가 침대에 엎드려 혼자 울고 있는데 녀석이 다가왔다. 그러고는 촉촉하고 까끌까끌한 혀로 내 뺨에 흘러내린 눈물을 핥았다. 그 태연하고 세속에서 먼 깊이를 지닌 눈망울로, 울지 마, 시간이 지나면 다 괜찮아져, 말하는 것처럼 나를 찬

찬히 올려다보았다. 녀석과 함께 지낸 육 년 동안 수많은 일들이 있었고 그 일들 대부분은 어쩔 수 없는 망각 속으로 사라졌지만 나는 그 순간만은 쉽게 잊을 수 없을 것 같다.

나는 너희들을 이해할 수 없어, 나는 내 고양이들을 보며 생각한다. 나는 너희들을 사랑하지만 온전히 이해할 수는 없어. 나는 너희들이 되고 싶을 때가 있단다. 이 거추장스러운 옷들을 다 벗어버리고 너희들처럼 보드라운 털이 덮인 알몸으로 따사로운 햇볕 속에서 뒹굴고 싶을 때가. 내가 너희들이 된다면, 이 집에 왜 높이 올라갈 계단과 받침대들이 이렇게 적고 공간이 쓸데없이 옆으로만 넓은지 궁금하게 여기겠지. 내 몸을 핥을 때 목구멍으로 넘어간 털 뭉치 때문에 매일 콜록거리며 기침을 하겠지. 냄새로 만들어진 국경을 따라 걷고, 빵봉지를 묶어두는 철끈이나 선물상자에 딸려온 기다란 리본을 보면서 살아 있다는 희열과 전율을 느끼겠지. 왜 나른하기만 한 낮에는 세상 모두가 그토록 분주하고 바쁘며, 재미있고 활기찬 일들이 끝도 없이 많은 밤에는 모두들 잠만 자는지 이상하다고 생각하겠지.

그러나 그건 늘 똑같은 사료를 씹어 삼키고 아무리 자주 갈아도 오후가 되면 먼지가 떠다니는 컵 속의 물을 마시며 권태를 눌러

없애고, 사랑받고 싶은 마음을 묵묵히 삭여야 하는 일이기도 할 거야. 외로움을 모르는 생물이라는 오해 속에서 강요된 고독에 익숙해져야 하는 일일 거야. 사람들은 모든 고양이가 도도하고 무심하며 초연한 성격일 거라고 생각하지. 고양이마다 털 빛깔과 울음소리가 다르듯 지니고 태어난 성격과 삶을 대하는 태도도 한 마리 한 마리 모두 다른데 말이야. 너희들이 되는 일은 '고양이다움'이라는 거대한 편견에 매 순간 맞부딪혀야 하는 일일 거야. 바깥으로 한 발짝만 내디디면 도사리고 있는 죽음에의 위협을 막연히 느끼면서 불안을 베개 삼아 잠을 자야 하는 일일 거야. 살기 위해서는 어쩔 수 없이 의존해야 하는 인간이라는 이종異種 생명체가 왜 그렇게 시끄럽고 배려심이 없는지, 왜 그렇게 지루하고 폭력적인지 혼자서 궁금해하며 견디는 일이기도 할 거야.

나의 짐작은 여기까지이고, 그 너머를 나는 알지 못한다. 고양이들이 어떤 방식으로 세상의 빛과 소리를 감각하고 과거와 현재와 미래를 인식하는지, 매일 잠에서 깨어날 때나 화장실을 사용할 때 어떤 생각을 하고 감정을 느끼는지 나는 알고 싶지만 알 수 없다.

고양이들은 내게 타자他者다. 나는 녀석들의 털을 어루만지고, 기분이 좋도록 미간과 배를 쓰다듬어주며, 먹을 것과 잠자리를 제공한다. 하지만 나는 어떻게 해도 녀석들의 본질에 가닿을 수는 없는 존재다. 나와 함께 사는 것이 행복한지 아닌지, 이런 삶이 괜찮은지, 내가 녀석들을 위한답시고 한 일들이 녀석들에게도 좋았는지, 그런 대답을 나는 들을 수가 없다.

가장 민감한 부분이 '고통'이라는 이름으로 놓여 있다. 레일라가 육 개월이 되었을 때 나는 녀석에게 중성화 수술을 시켰다. 수술실 밖에서 초조하게 기다리는 몇 십 분이 영원처럼 느껴졌던 것을 기억한다. 수술이 끝나고 간호사의 팔에 안겨 밖으로 나왔을 때 녀석의 동공은 안약 때문에 커다랗게 확장되어 있었고, 축 늘어진 몸에는 힘이 없었다. 집으로 데려와 모포를 깐 상자 속에 눕혀주자 녀석은 붕대가 감긴 배를 끌고 기어와 울며 한사코 안기려고 했다. 낯선 의사가 자신의 난소를 제거하도록 허락해준 나에게.

애묘인의 한 사람으로서, 나는 고양이를 중성화하지 않고 키우는 것은 고양이에게나 반려인에게나 괴로운 일이며, 특히 요즘처럼 개와 고양이를 반복적으로 교배시켜 새끼를 돈벌이 수단으로 이용하는 사람들이 많은 시대에는 위험한 일이기도 하다는 데, 사람과 고양이가 함께 살기 위한 최선의 방법이 중성화라는 데 동의한다. 누군가가 이의를 제기해오면 흥분하지 않고 차분하게 중성화의 필요성을 이야기하고, 그 사람을 설득할 준비도 되어 있다.

그러나 낮 동안의 번잡한 일상이 태양과 함께 지평선 밑으로 가라앉고 밤이 찾아와 혼자가 되었을 때, 가만히 내 무릎에 올라와 목울대를 떨며 숨소리를 내는 고양이의 따뜻한 체온을 느끼면, 그 모든 이성과 논리가 한낱 부질없는 허위로 생각되면서 한없는 두려움에 사로잡히기도 하는 것이다. 레일라는 어쩌면 엄마가 되어보고 싶었을지도 모른다. 이 짧은 삶에서 소중한 새끼 한 마리 낳아 혀로 핥아보고 싶었을 수도 있다. 새끼를 낳고 먹이고 기르는 일로 수명이 조금 짧아지고 몸이 힘겨울지언정 자기 삶의 어떤 가능성이 영원히 제거되지는 않기를 바랐을지도 모른다. 나는 녀석에게 그 모든 것에 대해 동의를 구하지도 않고, 설명도 해명도 해주지 않은 채 녀석의 몸에 칼을 댔다. 인간의 잣대로 녀석의 미래를 결정해버렸다. 너무 과민한 생각인가? 하지만 나는 고양이들을 키우면서 이 생각만큼 잊지 말아야 하는 것도 없다고 여긴다.

그러니까 이건 소설을 쓸 때 찾아오는 막막한 두려움과도 닮아 있다. 고양이들을 데려올 때 내게는 두 가지 근본적인 동기가 있었다. 하나는 나 자신의 외로움이었고, 다른 하나는 녀석들에 대한 애틋함이었다. 본래부터 털짐승을 좋아하여 내 삶의 공간에 녀석들이 있어주었으면 했고, 반려동물들이 살기 힘든 이 나라에서 살

네가 될 수 없지만 너를 사랑해

윤이형

곳이 마땅하지 않은 생명들이 있다면 내가 데려와 먹여주고 싶었다. 소설을 쓰기 시작할 때 내 마음도 크게 다르지는 않았다. 무언가를 표현하지 않고 그냥 사는 일이 너무 공허하고 재미가 없어 언어로 세상에 붓질을 시작했고, 이왕 시작한 일이라면 나뿐 아니라 다른 누군가에게도 작게나마 위안이 되고 외로움을 덜어주는 이야기를 쓰고 싶다는 마음이 있었다. 그러나 고양이를 키우면서 때때로 찾아오는 죄책감과 마찬가지로, 소설을 쓰면서도 나는 종종 허무와 무력감과 괴로운 마음에 시달린다. 타인, 이라는 도저한 존재와 나 사이에 놓인 벽에 대한 자각 때문이다.

소설을 쓰려면 내가 아닌 다른 사람들의 삶을 상상해야 한다. 그들의 처지를 헤아리고 그들이 느낄 기쁨과 고통을 구체적으로 떠올려야 한다. 그러나 아무리 1인칭 화자를 등장시켜 다른 사람이 된 나를 상상한들 나는 그 사람이 될 수 없다. 이 상황에선 이런 기분을 느끼겠지, 이런 일을 당하면 이런 생각을 하겠지, 하고 짐작하고, 어느 선에선가 결론을 내릴 수 있을 뿐이다. 가끔씩 내 소설 속 인물들이 몸을 일으켜 종이 밖으로 나오는 상상을 한다. 그들은 실망과 분노를 가라앉히려 애쓰며 차분한 목소리로 내게 말을 건다. 당신은 내가 그런 일을 당해서 비참할 거라고 생각했겠지만 나는 그렇지 않았어요. 잘 지내고 있답니다. 혹은, 당신은 내가 이러저러한 말과 행동을 할 거라고 믿어 의심치 않았지만 나는 그런 사람이 아니에요. 당신은 나를 완전히 잘못 알고 있어요……. 이런 말을 듣는 상상을 한 밤은 보통 때보다 깊어지고 길어지며 공기는 희박해진다. 이 소설을 쓴 것이 잘한 일인가, 라는 질문이 내게는, 고양이들을 데려온 것이 잘한 일인가, 라는 질문과 크게 다르지 않다. 내가 자식 잃은 어미의 심정을 알 수 있을까? 내가 자궁을 적출한 고양이의 통증을 알 수 있을까? 잘 알지도 못하면서 나는 언어라는 칼을 들어 타인의 삶을 마음대로 도려내고 이어붙이고 전시하면서 누군가의 마음을 다치게 하고 있는 것은 아닐까? 어딘가에 내가 떠올리지 못한 다른 선택지가 있었는데 나는 그것을 놓쳐버린 게 아닐까?

이런 두려움을 끝내는 방법은 하나밖에 없다. 내가 누군가를 완벽하게 이해하거나 대변할 수 있다는 환상을 버리는 것. 사람은 타인의 즐거움과 아픔을 밖에서 들여다볼 수밖에 없으며, 가끔 공감이라는 아름다운 꿈에 젖는 존재임을, 그러나 그것은 꿈임을 명확히 인식하는 것. 내 한계 안에서 나는 최선을 다해 당신을 상상하겠지만, 그것은 어디까지나 당신이 될 수 없는 내 두 눈으로 본 것일 뿐임을 잊지 않는 것. 내가 누군가를 행복하게 하거나 위로할 수 있으리라는 생각에 매몰되지 않는 것. 그러나 저 바깥 어딘가에

네가 될 수 없지만 너를 사랑해

윤이형

나보다 훌륭한 반려인이 있을지 모른다는 생각 때문에 내 고양이들을 내다버리지 않는 것처럼, 두렵고 막막하다는 이유로 상상하고 쓰기를 포기하지는 않는 것. 내가 선택한 삶의 방식에 책임을 지는 것.

그런 마음으로 나는 소설을 쓴다. 고양이들에게 물을 주고, 밥그릇에 사료를 붓는다. 나는 사람, 너희들은 나와 함께 사는 고양이. 나는 수염이 없고, 너희들은 있다. 너희들은 일어나 털을 고르고, 나는 세수를 한다. 우리는 서로 다르지만 같은 시공간을 나눠 쓰는 사이. 자, 그럼 오늘도 어떻게든 함께 잘 지내보자. 그렇게 속으로 중얼거리며.

시간은 모든 것을 사정없이 통과해간다. 처음 보았을 때 레일라는 사막여우처럼 귀가 커다랗고, 저 몸으로 어떻게 머리를 지탱할까 싶을 정도로 몸집이 조그만 고양이였다. 그런 녀석이 이제 여섯 살이라는 사실을 얼마 전에 깨닫고 깜짝 놀랐다. 왜 너는 여섯 살이니. 어째서 네가 벌써 여섯 살인 거니. 먹먹해진 마음은 시간이 녀석에게 준 선물의 흔적을 찾으려고 열심히 애쓴다. 그래, 한순간도 긴장을 늦추지 않던 민감한 성격이 조금은 느슨해졌고, 여전히 마르긴 했지만 몸의 곡선도 손톱만큼은 부드러워졌지. 그래도 곧 녀석이 나를 앞질러 노년에 접어들 거라는 생각을 하면 어쩔 수 없이 안타까워진다. 주먹만 한 녀석을 품에 안으며 모든 순간을 함께하겠다고 다짐했었는데, 최근 몇 년이 어떻게 흘러갔는지, 그동안 나는 어디에 있었고, 또 녀석은 어떤 표정을 짓고 웅크리고 있었는지 기억이 잘 나지 않는다.

몽식이는 사람으로 치면 일흔을 넘어 여든에 가까운 나이다. 노묘용 사료를 먹고, 가끔은 캣타워에서 내려오는 일도 힘겨워해서 간식이 담긴 접시를 올려줘야 한다. 사람은 나이를 먹으면 파뿌리같이 검던 머리가 희어지는데 통키니즈 종에 속하는 녀석은 반대다. 우유처럼 새하얗던 몸의 털이 빠지면서 그 자리에 검고 거칠고 억센 털들이 자라났다. 후덕한 몸매 때문에 본래부터 몸을 굽히는 데 어려움이 있긴 했지만 몇 년 전부터 전혀 그루밍을 하지 못하는 녀석을 보며 마음이 적잖이 착잡했다. 녀석이 하루에도 몇 번씩 용변을 보고 그것을 어떻게도 하지 못해 이곳저곳에 묻히고 돌아다닐 때마다 물티슈를 들고 따라가 닦아줘야 하는데, 그럴 때면 어김없이 자신의 얄팍함을 실감하게 된다. 나는 그 일을 묵묵히 잘 해내지 못하는 것이다. 사랑이라는 건 실은 얼마나 귀찮은 일들의 연속인가. 누군가를 사랑한다고 생각하는 일과 그 사랑에 따르는 것들을 감당하는 일은 얼마나 다른가.

그러나 그럼에도 함께 있다. 네가 왜 한밤중에 일어나 슬픈 목소리로 우는지, 왜 그런 모양으로 꼬리를 구부리는지 온전히 이해할 수는 없지만 곁에서 체온을 나눌 수는 있다. 내 사랑의 부족함과 어설픔을 자각하고 미안해하면서, 함께 사는 일의 지난함을 매 순간 느끼면서. 이유는 단순하다. 함께 있고 싶기 때문이다. 삶은 어쨌든 슬프고 공허하지만, 사랑이라는 행위를 통할 때조차 우리가 서로에게 온전히 닿을 수는 없지만, 그럼에도 혼자일 때보다 함께할 때 삶이 훨씬 덜 공허하고 덜 슬프다는 사실을 알기 때문이다.

육 년 전 두 마리를 처음으로 인사시키던 날을 아직도 기억한다. 레일라는 자신의 동거묘가 될 고양이의 까만 얼굴과 커다란 몸집을 보고 두려움에 떨면서 내 바지에 오줌을 쌌고, 원망스러운 눈으로 내게 해명을 요구했다. 녀석이 내게 그런 표정을 지어 보인 건 치과에 다녀온 내가 녀석에게 입김을 불었을 때 이후 처음이었다. 몽식이는 또 몽식이대로, 반려인이 바뀌었다는 충격을 극복하느라 시간이 걸렸고, 한동안 식사를 거부하고 벽을 보며 울어댔다. 그러던 녀석들이 이제는 서로의 얼굴을 핥아주고, 자주는 아니어도 가끔씩은 엉덩이를 붙인 정다운 자세로 잠을 자는 사이로 발전했다. 둘을 차례로 목욕시킬 때면 먼저 들어간 녀석에 대한 동지애와 걱정으로 가득한 울부짖음이 욕실 밖에서 들려와 웃음을 참곤

한다. 내가 모르고 방문을 닫아버리는 바람에 한 마리가 방 안에 갇히면 다른 한 마리가 와서 그 사실을 알리고 나를 나무라기도 한다.

두 마리의 고양이가 나와의 공동생활에 익숙해지는 동안 날카롭던 내 마음의 어떤 부분도 손톱만큼은 둥글어지고 여유로워졌을까? 내 소설이 더 나아졌을까? 잘 모르겠다. 안 그랬으면 또 어떤가? 지금 이 순간 내가 확실히 아는 건 크게 아픈 적 없이 지금까지 건강하게 함께해준 녀석들에 대한 고마움을 내 부실한 언어나 이야기로 다 표현하기는 어렵다는 것이다.

이렇게 떠올리다 보니 내 고양이들과의 작은 추억 하나하나가 짠하고 각별하다. 지나간 시간을 아쉬워하는 대신, 남은 시간 동안 지금부터라도 녀석들과 더 많은 것들을 나누고 싶다. 더 많은 캣닢 파티와, 낚싯대 놀이와, 맛 좋은 참치를. 더 많은 눈맞춤과 포옹을. 그리고 더 많은 사랑을. 두려움과 죄책감과 슬픔을 이기는 사랑을.

이슬비가 수백 번 ⚬⚬⚬⚬⚬⚬⚬⚬⚬⚬⚬ 박형서

○○○○

소설가. 1972년 강원도 춘천에서 출생했다.
한양대 국어국문학과를 졸업하고 고려대에서 문학박사 학위를 받았다.
2000년 《현대문학》으로 등단했고, 지은 책으로는
단편집 《토끼를 기르기 전에 알아두어야 할 것들》《자정의 픽션》《핸드메이드 픽션》《ЛЛ라비》,
장편소설 《새벽의 나나》가 있다. 2010년 대산문학상, 2011년 오늘의젊은작가상을 수상했으며,
현재 고려대학교 미디어문예창작학과 교수로 재직 중이다.

지난 십일 년 동안 내 상투를 붙잡고 흔드는 고양이가 있다. 정식 이름은 '코로나'지만 보통 '로나'라 줄여 부른다.

"로나야 ─ 그 컵은 제발 깨지 마."

이런 식이다.

우아한 이름과 달리 2004년 초여름 부산에서 족보도 없는 도둑 집안의 딸로 태어났다. 제대로 서지도 못하는 갓난아기, 호랑이 무늬가 예뻐 요래조래 만지다 보니 어느새 서울의 내 집까지 데리고 온 것이었다. 손가락에 우유를 묻혀주자 홀짝홀짝 받아먹었다. 그리고 내 무릎 위에 올라 잠들었다. 마님 행세를 하며 표독을 떨기 시작한 건 그로부터 다섯 달쯤 지나서부터였는데, 걔가 그럴 줄은 몰랐다.

2007년 봄에 나는 한국을 떠나기로 결심했다. 장편소설을 쓰기 위해서였다. 우선은 중국에서 한 해 동안 한국어 원어민 강사

노릇을 하면서 바짝 돈을 모은 뒤 소설의 배경이 되는 태국으로 건너가 역시 한 해 동안 바짝 집필에 몰입할 예정이었다. 최소 이 년, 최대 사 년 동안의 해외 체류였다. 코로나는? 너무 잘생겨서 부담스러운 심보선 시인이 맡아주었다.

중간에 일이 생겨 잠시 귀국했다. 용무가 끝나 중국으로 돌아가기 직전에 짧게 로나를 만났다. 로나는 내 주위를 빙글빙글 맴돌다가 꼬리를 바르르 떨다가 느닷없이 발가락을 깨물었다. 반가움과 서운함 사이에서 마음의 갈피를 못 잡은 모양이었다. 오랜만이고, 또 아닌 게 아니라 내가 너무한 부분도 있고 해서 발가락 얘기는 일단 접어둔 채 중국에서의 낯선 생활에 대해 이러쿵저러쿵 늘어놓았다. 그게 로나의 호기심을 자극한 모양이었다. 저도 따라가고 싶다고 했다. 터무니없는 소리, 도저히 그럴 여유가 없었다. 중국에서는 고양이도 잡아먹는다고 일러주었다. 도대체 어떤 정신 나간 고양이가 중국에 가겠어? 가만히 듣던 로나의 눈동자가 세로로 가늘게 찢어졌다. 너, 하고 입을 열었다. "새 고양이 생겼지?"

아니라고 했다. 정말로 아니었다.

새 고양이는 그로부터 일곱 달 뒤에 생겼다.

이듬해 중국에서의 계약이 만료되어 태국으로 날아갔다. 쓰려는 소설의 주요 무대는 방콕이었지만 그곳은 너무 번잡하고, 인심이 험하고, 물가도 비쌌기 때문에 방콕에서 100킬로미터쯤 떨어진 깐짜나부리에 거처를 정했다. 리버콰이 호텔 뒤쪽 한적한 공터에 신축된 아파트 사 층이었는데, 에어컨 달린 원룸이 월세 10만 원이었다. 숙소 겸 작업실 문제가 해결되자 적당한 오토바이를 마련해 이것저것 사 날랐다.

들자 하니 작가정신이 투철한 누군가는 가로등 아래에서건 서울역 대합실에서건 원하는 즉시 집필에 몰두할 수 있다고 한다. 나는 그게 안 된다. 이런저런 세팅이 모두 끝나야 글을 시작할 수가 있다. 깐짜나부리에 방을 잡고도 한 달 가까이 허송세월을 한 건 그 때문이었다. 책상 아래 발판으로 쓸 까칠까칠한 벽돌을 한 무더기 구해오고, 모니터에서 나오는 전자파를 차단하기 위해 선인장을 사오고, 냉장고 대용으로 사용할 스티로폼 박스를 얻어오고, 금덩어리인 줄 알고 주먹만 한 황동 주괴를 주워왔다. 그러고도 여전히 채비가 안 된 느낌이었다. 마음이 이리저리 겉도는 와중에 시간만 잘도 흘러갔다. 뒤편으로 난 베란다에서는 초등학교 운동장 크기의 공터가 내려다보였다. 그곳에서 토요일마다 뭔가 복작복작한 행사가 벌어졌는데, 현지 친구가 말하길 깐짜나부리에서 제일 후진 7일장이라 했다. 그 7일장 이름이 '깐짜나부리에서 제일 후진 7일장'이라는 것이다. 농담으로 들었는데 나중에 알고 보니 진짜였다. '깐짜나부리에서 제일 후진 7일장'에서는 주로 흙이 묻은 야채나 파리로 뒤덮인 생고기 따위를 팔았지만 중국식 비단 잠옷도 팔고 마가린을 발라 구운 식빵도 팔고 불법 복제 DVD도 팔았다. 제일 안쪽에서는 야바위꾼이 코흘리개 아이들의 돈을 갈취하다가 일이 너무 커지면 잽싸게 몇 푼 돌려주곤 했다. 그 옆의 구석에서는 네댓 명으로 이루어진 약장수 일당이 죽은 사람 살려내는 쇼를 하며 정체불명의 물약을 팔았는데, 구경꾼은 거의 없건만 연기 욕심이 대단해서 시체가 진짜인지 가짜인지 구분이 안 갈 정도였다. 편하게 난간에 기대어 구경하다 보면 어느새 어둠이 내려와 팔릴 도리가 없는 물건들과 빈곤한 좌판들과 별로 해먹지 못한 사기를 덮곤 했다.

깐짜나부리에서의 첫 한 달이 그처럼 속절없이 흘러갔다. 세팅이 끝나지 않아 글을 한 줄도 쓸 수가 없는데, 또 한편으로 생각해보면 글 한 편 쓰는 판에 도대체 무슨 세팅이 더 필요한 건지 알 수 없었다. 저녁마다 술집에 다니느라 주정꾼 친구들만 기하급수적으로 늘어났을 뿐이었다.

그러던 어느 날 일이 터졌다. 초저녁부터 기세 좋게 몰려든 적란운이 밤새도록 뇌우를 퍼부었는데, 그 벼락 한 줄기가 내 노트북

컴퓨터를 살짝 할퀴고 간 모양이었다. 난감했다. 깐짜나부리도 꽤 대도시이긴 하나 자전거보다 복잡한 기계를 고치려면 방콕으로 가야 했다.

기왕에 이렇게 된 거, 하고 작전을 짰다. 노트북을 방콕의 수리점에 맡기고 나서 짜뚜짝 시장으로 쇼핑을 간다. 없는 게 없기로 유명한 그곳에서 내 작업의 세팅에 필요한 '그 무엇'을 발견할 수 있을 것이다. 만약에 짜뚜짝에서조차 발견할 수 없다면 '그 무엇'은 '예쁘고 착하고 나만 좋아하는 여자'처럼 이 세상엔 없는 동화 속의 존재이니 하루빨리 잊는 게 상책이리라. 정말이지 더 이상은 시간을 끌 수가 없었다. 마음이 얼마나 급했냐 하면 계획을 세우고 잠시 후 정신을 차려보니 벌써 방콕의 짜뚜짝 시장에 날아와 있었다.

바로 그때 운명처럼 전화벨이 울렸다. 날이 좋으니 콰이 강에 가서 닭다리 구워 먹으며 수영이나 하자는 팔자 좋은 부자 친구의 말씀. 방콕 짜뚜짝에 와 있다고 했더니 반색을 하면서 고양이를 한 마리 구해달란다. 그저 하얀색 새끼 고양이면 된다고 했다.

"만 밧은 넘지 않게 해줘."

부자 친구가 말했다. 만 밧? 태국에서 고양이 한 마리가 33만 원? 족보도 없는 코로나는 부산에서 공짜였다. 아무나 손잡고 데려가면 그걸로 흥정 끝이었다. 뭐 33만 원? 아무튼 나는 애완동물 구역으로 갔다. '그 무엇'은 이미 예전에 포기한 상황이었다. 어쩌면 나는 처음부터 '완료되지 않은 세팅'이 그저 마음의 혼돈스러운 상태에 불과하다는 걸 익히 알고 있었던 건지도 모르겠다. 말하자면 내면 깊숙한 곳의 똑똑한 내가 철이 덜 든 멍청한 나에게 '그 무엇'이 없다는 자명한 사실을 납득시키려고 저 먼 방콕까지 함께 갔던 것이다. 이렇게 얘기하고 나니 내면 깊숙한 곳의 나도 별로 똑똑해 보이지는 않는다.

짜뚜짝 시장 자체가 워낙에 방대한 규모여서 애완동물 구역만 해도 꽤 넓었다. 하지만 멀리 돌아다닐 필요는 없었다. 구역의 초입에서부터 고양이가게가 눈에 들어왔다. 우리에 들어앉은 작은 고양이가 슬그머니 다가오더니 철망 위에다 얹은 내 손가락을 날름날름 핥았다. 그러면서도 눈은 계속 나를 보고 있었다. 어디 보자, 온통 순백색 털에다가 눈동자는 새파랗고 발바닥은 통통하니 분홍빛이로구나.

돌아오는 버스에서 이모저모를 상세히 들여다보았다. 퍽 얌전한 녀석이었다. 코로나는 그 나이 때 사람들 이마에서 이마로 날아다녔다. 그 아이는 정말 달랐다. 턱을 긁어주면 눈을 지그시 감으며 가랑가랑 소리를 냈고, 손가락을 들이대면 우아하게 핥거나 입

이슬비가 수백 번

박형서

주위로 비볐다. 무엇보다도 그 눈이 굉장했다. 나는 아직도 그처럼 아름다운 파란색을 다시 만나지 못했다. 엘니도의 바다도 바간의 하늘도 끝내주는 파란색이지만 그 눈만큼은 아니었다. 물결에 부서지는 햇빛처럼 반짝이는 두 개의 동그라미 속에는 일종의 신성神性이 어려 있었다. 거룩한 신성을 남에게 넘길 수야 있겠는가. 충동적으로 전화기를 꺼내 부자 친구에게 전화했다. 횡설수설 헛소리를 늘어놓았다. 그렇게 깐짜나부리에서의 내 신용은 땅바닥에 떨어졌다.

아기라서 그런가 보다 했지만 아무래도 잠이 지나치게 많았다. 하루 중 두 시간 이상을 깨어 있지 않았다. 어쩌다 눈을 떠 화장실도 가고 물도 마시고 할 때조차 맥없이 휘청거렸다. 냉기 때문인가 싶어서 에어컨을 끄고 문을 활짝 열어두었으며, 먹이 때문인가 싶어서 비싼 습식 사료를 사다가 바닥에 늘어놨다. 심지어는 잠자리가 문제일지 모른다는 생각에 세제 없이 빨아 말린 수건을 세 겹으로 깔아주기도 했다. 그런 식으로 내가 무언가 조치를 취하면 한층 나아졌는데, 그게 별로 오래가지 않아 금방 다른 조치를 생각해내야 했다. 그래도 야옹아— 하고 부르면 귀를 쫑긋하고는 바늘처럼 가느다란 아기 목소리로 대답을 했다. 두 눈을 반짝이며 방의 이쪽

끝에서 저쪽 끝까지 졸졸 따라다니기도 했다.

나흘째 새벽부터 본격적으로 앓았다. 깐짜나부리엔 제대로 된 동물병원이 없어 70킬로미터 떨어진 나컨빠톰 시내까지 갔다. 수의사가 얼마나 돌팔이인지 내 체온을 재려고 했다. 십 분 남짓 고양이 관상을 보더니 화장실 모래를 갈아주라는 둥 신선한 물을 먹이라는 둥 하나 마나 한 말만 길게 늘어놓았다. 차라리 집에서 푹 쉬는 게 나을 뻔했다.

다음 날에는 화장실 모래에다 소변을 보는 일도 힘겨워했다. 습식 사료를 잘게 덜어 접시에 담아놨지만 냄새만 몇 번 맡고 말았다. 이대로는 어렵겠다 싶어 억지로 입안에 넣어주다가 사태의 심각성을 깨달았다. 혀의 3할 정도가 떨어져나갔고, 나머지도 절반 가까이 허옇게 헐어 있었다. 혀가 그 모양이니 음식을 먹을 수가 없고, 음식을 먹지 못하니 건강은 악화일로일 수밖에 없다. 상태로 보건대 최근 며칠 사이에 난 상처가 아니었다. 오랫동안 방치된 병이었다. 나는 짜뚜짝의 상인에게 속았던 것이다.

서둘러 이름부터 붙여주었다. 이름을 붙여주었더니 상태가 호전되는 걸 경험한 적이 몇 번 있기 때문이었다. 실은 코로나도 아기 때 그렇게 살아났다. 좋아하던 맥주 이름을 붙이고 수차례 불러주자 빈사의 코로나가 부활하여 사람들 이마에서 이마로 날아다녔다. 나는 아기 고양이를 '라노'라 부르기로 했다. 당시 구상 중인 소설에 등장하는 어린 계집아이의 이름이었다. 태국어로 꽃가루라는 뜻인데, 제대로 된 발음은 '레뉴'에 가깝지만 그냥 내 맘대로 '라노'라고 바꿨다. 라노— 하고 불러보았다. 파랗고 아름다운 눈이 나를 향해 일렁거렸다. 라노는 태어날 때부터 라노였던 것 같았다. 와, 감탄했다. 너는 정말 인형처럼 예쁘구나. 부디 눈 좀 자주 뜨고 있으렴.

이튿날 사방팔방 수소문을 해서 깐짜나부리의 수의사를 모셨다. 새끼 고양이라고 설명했음에도 불구하고 이 양반이 낡은 혼다 시빅에서 3리터짜리 대용량 수액을 꺼내왔다. 코끼리 전문 수의사라 따로 작은 걸 가지고 있지 않았던 것이다. 라노 다음 차례의 환자는 4.7톤짜리 암컷 코끼리였다. 그래도 없는 것보다는 나았는지 링거를 맞고 삼십 분쯤 지나자 제법 활발하게 움직이기 시작했다. 밥도 먹고 응가도 누었다. 하루 종일 그랬다. 두어 번은 깡충깡충 뛰기도 했다.

하지만 새벽에 눈을 떠보니 흰 벽을 향해 우두커니 앉아 있었다. 라노야— 하고 불러도 고개만 잠시 돌릴 뿐 벽 앞을 떠나지 않았다. 손가락으로 먹이를 찍어 입에 넣어주니 오물오물 먹었다. 그리고 다시 새하얀 벽을 마주 보고 앉았다. 화장실에 데리고 가니 소변을 보고는 모래를 긁어모아 덮었다. 그리고 다시 새하얀 벽을 마주 보고 앉았다. 그다음부터는 라노야— 하고 불러도 미동조차 없었다. 별수 없이 내가 그 옆에 드러누워 머리와 등을 쓰다듬거나 턱과 배를 꼬물꼬물 긁어주었다. 반응을 할 때까지, 혹은 반응을 그만둘 때까지 쓰다듬고 긁어주었다. 해줄 수 있는 게 그거밖에 없었다. 문득, 라노가 고개를 돌려 물끄러미 바라보았다. 마치 내게 말을 거는 것 같았다. 한국에서 온 형서 씨, 미안하지만 부탁이 있어요…….

라노는 대여섯 시간 뒤에 죽었다. 점심거리로 쌀국수를 사가지고 후다닥 돌아와보니 벽 아래에 엎드려 있었다. 흡사 새하얀 벽이 한 뼘쯤 바닥으로 흘러내린 형상이었다. 표정이 사라진 얼굴은 현관을 향한 상태였다. 보자마자 알아챘지만 그래도 라노야— 하고 한번 불러보았다. 대답이 없었다. 가만히 다가가서 두 손으로 들어올렸다. 벌써 조금 굳은 게, 내가 나가자마자 곧장 무지개다리를 건넌 모양이었다.

제일 아끼던 폴로 티셔츠로 돌돌 감쌌다. 삽을 빌리기 위해 깐짜나부리의 친구들에게 전화를 걸었다. 전부 합쳐 열댓 명에게 전화를 걸었는데, 희한하게도 그날따라 한 명도 전화를 받지 않았다. 술 마시자고 연락할 땐 전화번호를 끝까지 누르기도 전에 대답하

던 자식들이었다.

마음이 너무 어지러운 탓에 바보 같은 결정을 내렸다. 편의점에 들러 2리터짜리 생수를 한 병 샀다. 그리고 아파트 뒤편 공터로 갔다. 잡초가 자란 경계 구석에 자리를 잡고는 물을 조금씩 뿌려가며 손끝으로 바닥을 후볐다. 땅은 예상보다 훨씬 단단해서 물이 거의 스며들지 않았다. 삐쭉삐쭉한 자갈도 더럽게 많았다. 한 뼘 깊이의 구덩이를 파는 동안 오른손의 중지 손톱이 통째로 까뒤집히고 다른 손톱 하나도 절반 넘게 찢어졌다. 흙이 어찌나 거친지 지문까지 닳아버릴 지경이었다. 아무래도 더 이상은 무리였다. 나는 티셔츠로 싼 라노를 구덩이 안에 눕혔다. 그 위로 흙과 자갈을 촘촘히 덮고, 개들이 파헤치지 못하도록 넓고 평평한 돌을 가져다 봉분 위에 반듯하게 얹었다. 그러고 보니 고인돌을 꼭 닮아서, 저 옛날 원시인들도 나와 같은 심정으로 고인돌을 만든 게 아닐까 생각했다. 온몸이 땀에 흠뻑 젖어 있었다. 방에 돌아왔다. 손을 대충 씻고 베란다로 나갔다. 줄담배를 피우며 어둠에 덮여가는 라노의 무덤을 내려다보았다. 내 발목이 시커메질 때까지, 그래서 내가 아파트 사 층에 서 있다는 사실조차 시커메질 때까지 바라보았다.

다음 날인가, 그다음 날인가 나는 글을 쓰기 시작했다. 일단 흐름에 올라탄 뒤로는 서두르지 않았다. 매일매일 분량을 정해놓고 조금씩 써나갔다. 간혹 일이 잘 안 풀릴 때면 베란다로 나갔다. 담배에 불을 붙인 다음 저 아래 고인돌을 내려다보며 라노야— 하고 부르곤 했다. 그 베란다에서 나는 참 많은 걸 보았다. 여우비도 보고 쌍무지개도 보고 태풍도 보고 메뚜기 군단도 보고 '깐짜나부리'에서 제일 후진 7일장'도 보고 드센 아줌마에게 따귀를 맞는 야바위꾼도 보고 일주일마다 되살아나는 약장수 일당도 보고 밤도 보고 안개도 보았다. 비가 주룩주룩 사람 미치게 오던 어느 날엔 담배를 피우다 말고 주저앉아 헉헉 눈물을 흘린 적이 있는데, 그 찰랑찰랑한 상심의 농도만 떠오를 뿐 왜 울었는지는 까맣게 잊었다. 다시 그곳에 서서 아래를 내려다보면 혹시 기억이 날지도 모르겠다.

반년 뒤에 초고를 끝냈다. 이야기는 한국 남자가 후텁지근한 태국 밤거리에서 어린 계집아이 라노의 행방을 탐문하는 장면으로 시작되고 라노가 한국 남자와 헤어져 멀리 뛰어가는 장면으로 끝난다. 이제 와서 하는 생각이지만, 짜뚜짝에서 그 아기 고양이를 만나지 않았더라면 이야기의 앞뒤는 조금 달라졌을지도 모른다. 아니, 분명히 달라졌을 것이다. 그런 식으로 이야기의 안쪽과 바깥쪽이 서로에게 말을 거는 모습은 언제 봐도 신비롭다.

정리하여 이월 말에 귀국했다. 심보선 시인의 고혈을 빨아먹던 코로나는 그로부터 사흘 뒤 내 곁으로 돌아왔다. 그리고 침대 밑에 들어가 하루 종일 나오지 않았다. 단단히 화가 난 모양이었다. 다랑어포를 코 앞에 갖다줘도, 다정한 목소리로 이름 석 자를 불러보아도 나오지 않았다. 나오기는커녕 눈이 마주칠 때마다 하악 하아악 쇳소리를 냈다. 저 표독스러운 년이 부산에서 데려온 그 무료 고양이가 맞나 싶었다. 하지만 오래가진 않았다. 다음 날 새벽 무렵 은근슬쩍 내 품으로 파고들었다. 추운 날씨였다. 고양이는 본디 추위를 못 견디는 법이다.

그해 일 년에 걸쳐 소설을 연재했다. 한 줄 한 줄 퇴고해나가면서 초고의 투박한 문장들을 처음 휘갈길 당시 나를 빽빽하게 둘러싸고 있던 풍토의 감각, 그 온도와 그 냄새와 그 습도를 떠올렸다. 기억은 이따금 고인돌 아래에 묻힌 아기 고양이로까지 이어지곤 했다. 나와 만나기 전부터 그 고고한 아름다움은 돌이킬 수 없이 붕괴되고 있었다. 그러니 짜뚜짝 시장에서 내게 다가와 철장에 걸친 손가락을 핥던 자세는 어쩌면 제 묏자리를 부탁하기 위한 교태였을지도 모른다. 한국에서 온 형서 씨, 미안하지만 부탁이 있어요……, 하고 말이다. 생의 마지막 일주일을 공유한 대가로 나는 부탁을 들어주었다. 나는 그렇게 했다. 비와 세월이 돌처럼 다져놓은 땅에 한 뼘 깊이의 구덩이를 내었다. 오래전에 매끈한 손톱이 새로 자라났지만, 내 손은 아직도 그날의 통증을 기억한다. 그런 감각은 아무리 긴 시간이 흘러도 어디 가지 않는다. 툭하면 그 얘기를 한다. 두 눈에 새파란 신神이 담겨 있던 아기 고양이 얘기를 한다.

돌이켜보면 그게 벌써 칠 년 넘게 지난 일이다. 자랑은 아니지만 나는 누구에게도 뒤지지 않을 만큼 기억력이 저질이라 칠 년 전이라면 캄브리아기 정도로 느껴지고 그때도 내가 박형서였는지 알쏭달쏭하다. 그러니 라노에 대한 애정, 라노를 잃은 슬픔을 아직도 간직하고 있다는 건 상당히 예외적이거나 어딘가 수상쩍은 일일 터이다. 게다가 우리가 함께한 시간은 만남과 이별을 통틀어 고작 일주일에 불과하지 않은가.

그래서 나는 이렇게 한번 생각해본다— 존재의 교감이란 시간을 두고 차근차근 모여 강물을 이루는 이슬비가 아니라 모든 조건이 맞아떨어지는 어느 찰나의 순간에 허옇게 의식에 새겨지는 벼락 같은 거라고. 당시 나는 낯선 땅에서 막막했으며, 의지할 데 없이 외로웠고, 첫 장편이라는 과중한 부담에 시달렸다. 라노는 믿기지 않을 만큼 아름다웠고, 빠르게 멸망하는 중이었으며, 마침 고양이 말을 알아듣는 미모의 독신 남성을 만났다. 조건들이 딱 들어맞

○○○○○○○○○○○○○○○○○○○○○○○

이슬비가 수백 번

박형서

자 우르릉 쾅 벼락이 쳤다. 일은 그렇게 된 것이다.

이토록 고상한 사색에 잠겨 있는데 로나가 고양이 세수를 마치고는 곁에 누웠다. 그리고 몸을 둥글게 말아 내 팔뚝에 등을 기댔다. 내가 팔을 잡아빼면 자세가 일순 흐트러지는, 그러니까 내 팔에 자기 체중을 온통 실음으로써 저 혼자만의 평안을 도모하는 그런 형국이었다. 그럼 나는 뭔가. 저려도 팔을 빼지 못하고 숙면도 취하지 못하는 나는 이게 도대체 뭔가. 어찌하여 이년은 고양이답게 매사에 삼가질 않고 무슨 조강지처라도 되는 양 함부로 툭툭 들이대는가. 뭐라고 한마디 놓으려는데 벌써 목에서 구레레 구레레레 하는 소리가 흘러나왔다.

그 소리.

가솔린 엔진의 공회전 진동, 마디가 있는 듯 없는 듯 살포시 밀려오는 느낌, 듣다 보면 눈이 저절로 감기는 65데시벨의 달달한 저주파.

내가 이 소릴 얼마나 좋아하는지, 한동안 듣지 못했을 땐 또 얼마나 간절히 그리워했었는지 퍼뜩 깨달아버렸다. 사람으로 치면 환갑이 훌쩍 넘은 할머니가 불경 읊듯 옆에서 구레레 구레레레 하고 있었다.

그래서 어쩔 수 없이 말랑말랑해졌다. 나는 관점을 조금 바꾸어보기로 했다. 세상엔 벼락도 있고 이슬비도 있는 것이다. 그러니 로나가 내 팔뚝에 기대어 살아온 십일 년 세월은 아무것도 아닌 게 아니다. 일주일이라는 라노식式 유대 단위가 수백 차례나 촉촉하게 흩뿌려진 것이다. 알고 보면 꽤 치명적이다.

혹시라도 내가 천국에 간다면! △△△△△△△△△ 우석훈

△△△△

함께 잘 사는 방법을 모색하는 자칭 'C급 경제학자'.

서울에서 태어나 프랑스 파리 10대학에서 경제학을 공부했다.

현대환경연구원, 에너지관리공단을 거쳐 유엔 기후변화협약의 정책분과 의장과

기술이전분과 이사로 수년간 국제협상에 참가했다. 이후 자신의 이름을 걸고 발언할 수

있는 '가난한 자유'를 찾아 저잣거리로 나섰고, 강연과 글쓰기를 통해 경제와 사회,

문화와 생태의 영역을 넘나들며 우리의 삶을 개선할 수 있는 방법들을 모색해왔다.

한국생태경제연구회, 초록정치연대 등의 단체에서 활동했으며,

현재는 민주정책연구원 부원장, 타이거 픽처스 자문을 맡고 있다.

지은 책으로는 《88만원 세대》《혁명은 이렇게 조용히》《조직의 재발견》

《촌놈들의 제국주의》《괴물의 탄생》《나와 너의 사회과학》《문화로 먹고살기》

《1인분 인생》《불황 10년》 등이 있다.

1

에두아르도 갈레아노가 지난 사월 타계했다. 물론 나는 전 세계 문인들에 대해서 줄줄 꿰고 있거나 그들의 최근작을 샅샅이 읽을 정도로 그렇게 열심히 살지는 않는다. 그래서 그의 타계 소식도 뒤늦게 들었다. 갈레아노를 좋아하거나 존경하는 사람들에게는 불경한 얘기일지도 모르겠지만, 그의 타계 소식을 듣자마자 과연 '그는 천국에 갔을까, 아니면 그와 남미 민중들이 그렇게 걱정하던 성 베드로의 꺼벙한 판단 때문에 지옥에 갔을까, 그런 생각이 먼저 들었다.

내 책이 우여곡절 끝에 처음 나온 지 십 년 정도가 되었다. 그 시절에 특히 많이 읽던 저자들이 있었는데, 갈레아노도 그중 한 명이었다. 그 시절에 나는 라틴 계열의 책들을 많이 읽었다. 그중에서도 특히 갈레아노가 좋았다. 글이 너무 웃겼고, 밝았다. 그리고 그는 이긴 경험을 가지고 있었다. 군사정권을 피해 망명했지만, 고국이 민주화되어 다시 돌아온, 그런 경험을 했다는 것이 너무 좋았다.

그 시절에 읽은 갈레아노의 책 중에서, 국내에는 번역되지 않은 《Walking Words》라는 책이 있다. 중남미의 민중설화 같은 것을 갈레아노 특유의 넉살로 정리한 책이다. 언젠가 내가 꼭 써보고 싶은 유형의 책이기도 하다. 거기에 나오는 얘기 하나가 그 시절 내 가슴속에 팍 박혔다.

중남미화된 가톨릭 얘기에는 천국과 지옥행을 가르는 심판관이 나온다. 그가 바로 새벽이 오기 전에 예수를 세 번 부인한 베드로다. 문제는, 이 베드로가 마음이 너무 좋다는 데서 생겨났다. 악인들이 베드로에게 이래저래 통사정을 하고 불쌍하게 굴면, 그를 지옥으로 보내는 대신 다시 세상으로 돌려보낸다는 것이다. 이 세상에 악인이 줄어들지 않는 것은, 하느님이 만든 선악과 지옥의 구조가 잘못된 것이 아니라 냉정하게 판단을 하지 못하는 베드로 때문이라나.

그걸 읽고 나서 몇 년간 그 잔상이 가슴에 남았다. 그리고 의문 하나가 들었다. 어수룩한 판단을 하는 성 베드로가 과연 누군가를 실수로 지옥에 보내는 잘못을 저지르지는 않을까? 스스로를 불쌍하게 보이게 하거나 자신이 잘한 것을 과장할 줄 모르는 사람들 중에서 실수로 지옥에 가는 일이 벌어지지는 않을까?

이 얘기를 우리에게 익살스럽게 전해준 갈레아노는, 과연 천국에 가게 될까, 아니면 지옥에 가게 될까? 오랫동안 그 질문이 마음속에서 떠나지 않았다. 그리고 자연스럽게 나는 천국에 가게 될까, 지옥에 가게 될까, 과연 베드로 앞에서 나는 무슨 말을 할까, 하는 생각들을 종종 해보게 되었다.

2

아내와 나는 강남의 한 아파트에 살고 있었다. 아내는 그 동네에서 초등학교 때부터 오래 살아서 거의 고향처럼 생각하는 곳이었다. 나는 그 정도로 오래는 아니지만, 어쨌든 짧지 않은 시간을 그곳에서 보냈다. 과연 어디에서, 어떤 식으로 살아야 할까? 많은 사람들이 그렇듯이 우리도 꽤 긴 시간을 정말 세심하게 고민했다.

취리히나 로잔 같은 데를 염두에 두고 있었는데, 일이 약간씩 꼬이면서 실제 가지는 못했다. 그다음에는 동경을 생각했었는데, 역시 사소하게 뭔가 좀 맞지 않았다. 그렇게 후보지를 하나하나 바꿔가면서 몇 년을 보내다가 결국 결정적으로 아내가 판단을 내렸다. 주택으로 이사를 가기로. 어디에서 살 것인지, 어떻게 살 것인지, 오랫동안 많은 가능성을 놓고 고민했었는데, 마지막 결정은 굉장히 빠르게 진행되었다.

그렇게 이사를 한 후 첫날은 그야말로 설렘으로 지나갔다. 그리고 토요일 아침, 나는 꺅! 하는 아내의 비명 소리와 함께 하루를 시작하게 되었다.

아무 생각 없이 다용도실에 던져놓은 라면 봉지가 처참히 뚫려 있음은 물론이고, 생각보다 꽤 많은 라면이 사라지고 없었다. 더 놀란 건, 아무래도 매웠을 것 같은 라면 스프도 먹어치웠다는 사실! 쥐가 쏠았을 것은 분명한데, 그냥 먹었다기에는 너무나 전문적으로 살뜰하게 드시고 가셨다.

아내가 세상에서 제일 싫어하는 것이 쥐였다. 아침에 눈뜨자마자 우리가 새로 이사 간 단독주택에서 맨 처음 합의 본 사실은, "고양이가 필요해" 그 한 문장이었다. 주말을 쥐와 함께 보낼 수는 없어 잠깐의 인터넷 검색 후, 점심 먹기 전에 고양이를 구하기 위해서 출발했다. 그때 내가 목표로 했던 건 대학로 어딘가에 위치한 동물병원에 있는 삼색 고양이를 입양하는 것.

혹시라도 내가 천국에 간다면!

우석훈

우연은 그날따라 겹쳤다. 집에서 출발해서 대학로로 가기 위해 우회전을 하는데, 아내가 집 근처에 있는 동물병원을 발견했다. 유턴 표시가 바로 앞에 있지 않았다면, 아마 이미 지나친 동물병원에 다시 가지는 않았을 것이다. 너무 우연적이고, 너무 불투명한 것들을 나는 별로 좋아하지 않는다.

"얘, 그냥 데려가시면 됩니다."

고양이 얘기가 나오자마자 의사는 사 개월 된 암고양이를 우리에게 안겨주었다. 그런 게 운명적인 만남이 아닐까. 아무도 나타나지 않은 채 며칠이 지났으면 결국 살처분될 수밖에 없던, 죽어가다 겨우 숨만 제대로 쉬게 된 새끼 고양이와 내가 만나게 된 것. 정말로 우연과 우연의 작용이라고 할 수밖에 없을 것 같다.

처음 집에 데리고 온 그 새끼 고양이는, 수염 한쪽은 이미 다 사라졌고, 나머지 반쪽 수염도 겨우 형태만 유지하고 있었다. 집에 오자마자 두려움에 벌벌 떨던 고양이는 부엌 찬장 속으로 숨어들어가 절대 나오려고 하지 않았다.

그게 우리가 야옹구라고 부르고, 또 공식적으로 야옹구라고 등록한 고양이와의 첫 만남이다. 아직 아이가 없던 우리 부부가 부르던 또 다른 별칭은 '고양 딸'이다. 지금도 종종 그렇게 부른다.

3

고양이와 집 안에서 함께 살게 되면서 고양이의 세계에 조금씩 익숙해져갔다. 그해 장마철, 비가 엄청나게 내리는 가운데 마당에서 새로 태어난 새끼 고양이들의 울음소리가 계속해서 들렸다. 비를 피해, 마루 처마 밑에서 고양이들이 태어나고 자랐다. 적어도 인간이라면 가만히 있을 수가 없어 처마 밑에서 비를 피하는 고양이들에게 야옹구의 사료를 가져다주기 시작했다. 하지만 그 새끼 고양이들이 다 살아남지는 못했다.

그해 겨울이 되었을 때, 한 마리의 고양이가 끝끝내 살아남아서 겨울을 날 채비를 했다. 그 녀석이 '바보 삼촌'이다. 녀석은 자신을 낳아준 엄마, 아빠와 함께 마당에서 겨울을 났다. 내가 아는 상식으로는 식구가 같이 지내는 경우가 없다고 하는데, 하여간 그들은 그렇게 겨울을 보냈다.

그때부터 집 안에는 야옹구, 마당에는 마당 고양이들이 살아가는 삶이 시작되었다.

처음 마당에 자리 잡은 새끼 고양이를 '바보 삼촌'이라고 부르게 된 것은, 그다음 해에 새끼 고양이들이 계속해서 태어나도록 독립해서 떠나지 않고 있는 모습이 바보 삼촌 같아서였다. 펄벅의

《대지》에 나왔던 삼촌과 내가 알던 삼촌의 느낌을 합쳐서 그렇게 이름 붙였다. 녀석도 서러움이 많았다. 아직 새끼이던 시절부터 꽤 자랐을 때까지, 마당을 차지하려는 온갖 고양이들의 도전으로부터 스스로를 지켜내야 했으니까.

큰 싸움이 벌어진 후엔 녀석의 모습이 보이지 않았다. 그러면 나는 평소보다 몇 배 많은 사료를 놓고 "돌아와, 너 먹을 정도는 내가 준다"라고 하면서 애타게 기다렸다. 그게 자연적이고 생태적인지는 모르겠다. 그렇지만 녀석이 보이지 않는 날이면, 나는 우울했다. 왠지 녀석과는 다르게 살고 싶었다. 자연의 법칙 같은 것은 그냥 좀 무시하면 어떠냐, 그런 생각이 들었다.

4

사 년이 되었을 때, 전세로 살던 집에서 이사를 가게 되었다. 그동안 마당에서는 참 많은 고양이들이 태어나고 죽었다. '엄마 고양이'는 봄가을로 예쁜 고양이들을 낳았지만, 그다지 많이 살아남지는 못했다. 특히 예뻤던 삼색 고양이가 있었는데, 정말로 '첫눈에 반한다'라는 느낌을 오랜만에 받을 정도였다. 녀석도 한 달을 넘기지는 못했다. 그렇게 많은 새끼 고양이들을 내 손으로 보내면서 삶이라는 것의 '징한 느낌'을 배웠다.

그 새끼 고양이들 중에 살아남은 딸들에게 '생협'과 '강북'이라는, 당시 내가 제일 중요하게 생각하던 가치를 이름으로 붙여주었다. 강북과 생협은 부쩍부쩍 자랐고, 정말로 예뻤다. 그때 내가 생각했던 다음 책의 제목은 당연히 '강북과 생협'이었다.

이사를 가게 되었을 때, 드디어 나는 이주 방생이라는 아주 복잡한 일을 하기로 마음먹었다. 공간을 점유해서 사는 영역 동물들에게 이사는 아주 어려운 일이다. 철학적으로도 나는 고민을 많이 했다. 그냥 마당에 사는 녀석들인데 무슨 소유물처럼 같이 이사하는 게 맞는 건지, 그런 고민도 들었다. 이걸 나는 내 식으로 이렇게 해석했다.

'엄마 고양이'가 아닌 다른 고양이들은 우리 집 마당에서 태어난 녀석들이다. 그리고 마치 보통의 길고양이 혹은 자연의 존재처럼 자연스러워 보이지만, 사실 태어나면서 지금까지 내가 주는 사료 외엔 별다른 걸 먹지 않고 편하게 살아온 녀석들이다. 자신이 원래 살던 마당에서 내가 사라지고 나면 혼자 힘으로 살아남기가 쉽지 않을 것이다. 그래서 나는 녀석들을 데리고 가기로 마음먹었다. 그리고 알아봤더니 이렇게 고양이 가족을 데리고 같이 이사를 가는 것을 '집단 이주 방사'라고 부르며, 안타깝게도 성공한 사례

가 거의 없다는 것을 알게 되었다.

어쨌든 나는 그렇게 하기로 결심했다. 나처럼 용기 없고, 자신을 믿지 않는 사람들의 특징이 일을 주도면밀하게 한다는 것 아니겠는가. 몇 달에 걸쳐서, 실패할 수 없는 작전을 세운다는 생각으로 나는 이사를 준비했다.

그 와중에 큰아이가 태어났다. 큰 변수가 나타난 것이다. 그래도 나는 마음먹은 것이니까, 그냥 밀어붙이기로 결정했다.

하지만 정작 돌발변수는 다른 곳에서 벌어졌다. 이사하기로 한 며칠 전, 갑작스럽게 기온이 떨어졌다. 영하로 내려갈까 말까 한 날씨였는데, 그 후로 생협이 보이지 않았다. 그 시절, 나는 대선을 치르기 위한 조직인 국민연대의 공동대표였다. 박근혜와 문재인의 대선은 클라이맥스로 향하고 있었고, 나도 정신이 없었다.

다행히 오전 중에 시간이 좀 났다. 다른 일을 미뤄두고 생협을 찾아 나섰는데, 생각보다 금방 찾을 수 있었다.

마루의 TV 화면이 보이는 화단 한가운데 녀석이 누워 있었다. 며칠 전 날씨가 영하로 떨어지던 날, 덩치만 컸지 눈치는 하나도 없던 녀석이 추우니까 도와달라고 소리치면서 그곳에서 쓰러졌을 상황이 주마등처럼 스쳐갔다. 버려질 담요 한 장만 있으면 아무 일도 아니게 겨울을 날 수 있었을 텐데, 녀석은 그곳에서 나나 우리

가족을 바라보면서 쓰러졌던 것이다.

그날, 봄부터 너무너무 예쁘다고 애지중지해왔던 생협을 처음으로 안아보았다. 덩치가 유난히 컸던 녀석, 이미 다 커서 술에 만취한 딸을 업고 집에 오게 된 아빠의 느낌이라고 할까. 녀석의 몸은 이미 굳어서 딱딱했지만, 털은 너무너무 부드러웠다.

그 순간 눈물이 왈칵 솟았다. 차갑게 굳은 레이디 생협을 두 손에 안고 있는데 정말이지 눈물이 주르륵 흘렀다. 나는 왜 이제야 죽은 너의 몸을 이렇게 안는 것일까. 왜 좀 더 즐겁게 같이 살 수가 없었을까.

그때가 2012년 대선을 코앞에 둔 바로 그 겨울이었다.

이사를 가기 위한 고양이들의 포획은 쉽지 않았다. 무난히 끝날 줄 알았는데, 바보 삼촌이 이송 중에 도망을 쳤다. 거의 모든 것을 포기한 시점인 그해 크리스마스에 기적적으로 바보 삼촌이 통덫 안에 걸렸다. 우리가 대선에서 졌을 때였다. 이미 다른 사람들이 이사를 온 상태에서, 양해 아닌 양해를 구해 혹시나 하는 마음으로 펼쳤던 포획작전이었다.

나는 아직도 그 겨울의 크리스마스를 그래도 축복이라고 생각한다. 바보 삼촌이 통덫 안에서 불쾌하고 분노하는 심정으로 나를 보던 그 눈빛을 아직도 잊지 못한다. 바보…….

"집에 가자, 배고프다."

영화 〈체포왕〉에 나왔던 임원희의 대사와 딱 들어맞는 순간이었다.

그렇게 고양이 네 마리와 이사를 가려던 애초의 계획과 달리, 그 초겨울의 추위를 이기지 못한 한 마리는 끝내 두고 와야 했다.

5

새로 이사 온 집에 적응할 수 있도록 대형 케이지를 마당 한구석에 설치했다. 그렇게 순간의 틈이라도 있으면 도망가려는 세 마리의 고양이들과 겨울을 났다. 엄마 고양이, 바보 삼촌 그리고 강북. 그렇게 새로운 집으로의 이사가 끝났다. 이제 적응하는 것만 남았다. 옛날 집으로 가려고 할 텐데, 몇 킬로미터 떨어져 있지는 않지만 고양이가 가기에는 충분히 먼 거리였다. 옛집에도 가지 못하고, 그렇다고 새로 이사 온 집도 익숙하지 않아서 찾아오지 못하는 상황, 이게 이주 방사의 핵심 포인트인 것이다. 게다가 세 마리가 한꺼번에…….

대선이 끝나고 나는 무엇을 해야 할지 아무 생각이 없었다. 간간이 독서를 하고, 큰아이를 어떻게 돌봐야 할지 쩔쩔매면서 케이지 안의 고양이를 챙기는 것 외에는 정말이지 아무것도 안 하던 시절이었다.

그해 겨울은 길고도 길었고, 무엇보다 몹시 추웠다. 뭘 해야 할지도 몰랐다. 그냥 시간만 보내고 있었다. 아니, 시간이 저절로 흘러가고 있었다고 하는 게 맞을 것 같다.

케이지의 세 마리 고양이들을 돌보는 일은 기본적으로 밥을 주는 것, 물을 주는 것, 그리고 변을 치워주는 것, 이 세 가지로 구성된다. 집 안에서 고양이를 키우면 여기에 털을 치우는 것이 더해진다. 물론 고양이 털을 완벽하게 치울 수는 없다. 외출복에 고양이 털이 어느 정도 붙는 것은 포기하고 그냥 받아들이는 방법밖에는.

몹시 추운 어느 날 밤, 세 마리 고양이들이 하루 종일 싸놓은 똥을 치우면서 너무 힘들다는 생각이 들었다. 손가락은 얼 것 같고, 대형 케이지라고 하지만 머리를 숙이고 들어가 쭈그리고 앉아 핸드폰의 손전등 기능을 켜고 비닐봉투에 녀석들이 싸놓은 모래통 안의 소변과 대변을 일일이 모종삽으로 들어내는 일은 쉽지 않았다. 싸기는 왜 그렇게 많이 싸고, 날씨는 또 왜 그렇게 추운지.

족히 영하 10도가 넘던 그 밤, 모종삽으로 고양이들의 대변과 소변을 치우다가 핸드폰이 굴러떨어지면서 불이 꺼져버렸다.

"God damn it!"

이런 고급스러우면서 맛깔스러운 영어가 절로 튀어나온 순간이었다.

그때 문득 고양이들의 케이지 안에서 갈레아노의 《Walking Words》라는 책에 있던 베드로 이야기가 떠올랐다. 과연 내가 천국과 지옥을 가르는 베드로 앞에 서면 무슨 말을 하게 될까? 내가 세상에 태어나서 착한 일 한 게 과연 무엇이 있을까? 이것저것 핑계를 다 털고 나면 단 한 가지도 없을지도 모른다는 생각이 들었다.

생태와 환경을 위해서? 그래 봐야 다 먹고산 거 아냐. 민주주의를 위해서 최선을? 잘난 척하려고 그런 거 아냐. 이런 식으로 따지면 남는 게 없었다. 길고양이들 죽지 않게 같이 이사를? 길거리의 작은 생명들마저 자신의 소유로 생각해서 데리고 온 거 아냐. 자식을 위해서 최선을? 그거야 당연한 '이기적 유전자'의 작동방식 아냐.

베드로가 했을 법한 반론들을 떠올려보면, 내가 반드시 천국에 가야 할 이유가 내 삶에 하나도 남지 않는다는 생각이 들었다. 차분한 것은 비겁한 것의 역설이고, 사랑한다고 했던 것은 소유와 다를 바 없고, 온유하고자 했던 것은 덜 사랑했기 때문이 아닌가.

혹시라도 내가 천국에 간다면!
우석훈

정말로 손가락이 떨어져나갈 것 같은 영하 10도의 야밤에, 모래 위에 참 푸짐하게도 싸놓은 고양이들의 소변과 대변을 검은색 비닐봉투에 담고 다시 새 모래를 채워주면서 그런 생각이 들었다.

만약 언젠가 베드로가 나에게 묻는다면 이렇게 말하리라.

"세상에 태어나서 고양이 몇 마리는 행복하게 해준 것 같습니다."

그거 가지고 천국에 갈 수 있을까? 물론 이 정도로는 어렵다고 본다. 그렇지만 적어도 한평생을 살고 나서 그 자리에 갔는데, 할 말이 아무것도 없는 곤란한 상황은 피한 것 같다. 자연을 사랑하고 생명과 교감하고…… 이런 어려운 얘기는 사실 잘 모르겠다. 하지만 영하 10도의 삭풍이 부는 깜깜한 밤에 세 마리 고양이들이 하루 종일 싼 똥을 치우는 일을 겨우내 했던 것은 잊히지 않는 기억이 될 것 같다.

6

봄이 오고 온도가 올라가기 시작한 어느 봄날, 나는 마당 고양이들의 케이지 문을 열었다. 엄마 고양이는 그 후 사라져서 일주일간 보이지 않았다. 그 시간 동안 마음이 너무 힘들었다. 다행히 녀석은 다시 나타나주었다. 옛날 집을 찾아가려다 결국 포기하고 돌

△△△△△△△△△△△△△△△△△△△△△△△△△△△△△△△△

혹시라도 내가 천국에 간다면!

우석훈

아온 것일까? 그 뒤로는 그냥 마당에서 퍼질러 자는 한가한 일상으로 돌아왔다.

그 후로 둘째 아이가 태어났다. 마당에 종종 나타나는 고양이들이 조금 더 늘어나서 몇 주에 한 번씩은 마당을 차지하기 위한 녀석들의 거대한 전쟁이 벌어진다. 아직까지는 세 마리가 한 팀으로 방어전을 치르는 마당 고양이들이 버티고 있다. 이게 언제까지 갈지는 모르겠다. 이사를 오면서 구청의 TNR 프로그램을 거쳤기 때문에, 더 이상 마당 고양이들이 늘어나지는 않는다. 지그문트 프로이트가 얘기한 '고정'의 원칙이라고나 할까? 그들의 숫자는 변화하지 않는다. 모든 고정된 것이 죽음의 본능이라는 얘기가 이런 걸 의미한 것일까?

아이들이 자라면서 야옹구는 가끔 꼬리를 잡히는 수모를 겪기도 하지만, 이제는 많이 친해졌다. 옷에 고양이 털을 묻히고 다니는 것도 이제는 자연스러운 나의 삶이 되었다.

그리고 군식구로 비둘기와 까치들이 늘었다. 정말 군식구인데, 새들과의 전쟁을 한동안 치르다가 이제는 포기했다. 그냥 해가 떠 있는 동안에는 사료를 주지 않는 소극적인 방식으로 대처하게 되었다. 그렇지만 이 고난의 행군을 같이한 소녀 강북이 밥 달라는 눈빛으로 지그시 쳐다보면 또 안 줄 수가 없다.

고양이에 관한 동화책을 준비하고 있는데, 요즘은 도통 의자에 앉지를 못해서 영 진도가 나가지 않는다. 바보 삼촌을 모티프로, 말썽꾸러기 아이들을 잡아다가 교육시키는 그런 걸 생각하고 있다. 그런데 요즘 급 당기는 동화책은 '어린이 괴물'에 관한 이야기다. 동화책을 쓰기로 마음먹은 후로, 이래저래 아이들의 세계에 더 많은 관심을 가지게 되었다.

한때 들뢰즈의 저작들이 소개되면서 유목을 뜻하는 노마디즘이 유행한 적이 있었다. 미래에는 변화의 주기도 짧아지고 농경형 문명으로부터 벗어나게 될 것이라고 많은 사람들이 예측했다. 모르겠다. 어쨌든 대표적인 영역 동물인 길고양이와 같이 살게 되면서 점점 더 나는 한곳에서 꼼짝하지 못하는 사람이 되어가는 것 같다. 마당 고양이 가족과의 이사, 정말 엄두가 안 난다.

오후 네 시, 마이, 존경을 담아 ×××××××××× 곽은영

XXXX

시인. 2006년《동아일보》신춘문예로 등단했다.
시집으로《검은 고양이 흰 개》《불한당들의 모험》이 있다.

마이, 퍼니, 발렌타인. 언젠가 이들을 모두 호명할 때가 올 것이다. 누구부터 시작해야 할까. 이들의 이야기는 서로에게 중첩되어 있다. 모든 시작은 마이에게서 흘러나왔다.

꽤 오랫동안 나는 이들을 부르기 위해 인간식의 이름을 만들지 않았다. 우리 사이에는 인간의 시끄러운 언어가 필요하지 않았다. 문을 열고 나서면 어디선가 그들이 왔고 모퉁이를 돌면 그들이 거기 있었다. 우리는 서로에게 코를 톡 갖다대고 뺨을 비볐고 조용히 서로에게 기대앉았다. 그걸로 충분했다.

그날도 나는 누구와도 눈을 마주치지 않고 재빨리 걸었다. 돌 틈에 숨는 것을 좋아하는 작은 전갈처럼 나는 좀처럼 멀리 나가지 않는다. 길은 매우 느리게 변했다. 아스팔트가 벗겨져나가거나 건물 외벽에 이끼가 내려앉았다 사라지거나 했다. 어디든 시간이 흘린 침이 조금씩 배어 있었다. 그날은 봄이었는데 이상하리만큼 선선한 바람과 쾌청한 하늘이 돋보였다. 마치 가을 같았다. 나는 늠름하게 앉아 있는 녀석을 보았다. 황금빛으로 반짝거리고 있었다. 고개를 꼿꼿이 들고. 흥. 나는 고개를 돌렸다.

녀석이 누군지 알고 있었다. 두 해 전 나를 사랑한 작고 가냘픈 오 개월짜리 까만 야옹이를 쫓아낸 가필드 같은 놈의 아들이다. 나는 재빨리 돌아와 어둡고 아늑한 내 영역 속으로 가라앉았다. 그리고 다음 날, 그다음 날 같은 자리에서 나는 계속 녀석을 만났다. 그렇게 봄이 시작되었다.

녀석은 그날 확연히 지쳐 있었다. 자정이 멀지 않은 시간이었다. 가로등 아래 쓰레기더미를 킁킁거리고 있었다. 나는 그동안 두껍게 벽을 만들었다. 어떤 동물도 넘보지 못할 만큼. 쫓겨난 꼬마 루이를 찾아 나는 두 계절 내내 동네를 뒤졌다. 딱 두 번 만났다. 꼬마 루이는 점점 밀려나고 있었다. 마지막으로 본 것은 십일월 눈 내리던 선정릉 2차선 도로였다. 그 도로를 자유롭게 건너다니는 녀석들은 없다. 선정릉으로 들어가든가 주택가에 남든가. 나는 노릇노릇 튀긴 닭을 들고 집으로 가고 있었다. 차들이 멈추지 않고 달리는 길에서 우리는 딱 마주쳤다. 루이는 체스의 말처럼 다소곳이 앉아 내가 다가오기를 기다렸다. 나는 가지고 있던 닭의 절반을 내려놓았다. 깡마른 루이는 몇 입 뜯기 시작했다. 하지만 곧 다른 야옹이가 다가오자 루이는 잽싸게 도망갔다. 그리고 공원으로 들어가버렸다. 끝이었다. 나는 눈을 맞으며 루이가 숨어버린 공원의 가장자리를 따라 루이를 찾았다. 하지만 돌아오지 않았다. 나는 나머지 닭을 여기저기에 놓았다. 눈은 점점 진해지고 있었다. 얼굴에 닿아 녹는 양도 제법이었다. 나는 어찌해볼 도리가 없다는 것을 절감했다. 그리고 해가 바뀌었다. 가필드도 밥을 얻어먹지 못하고 영역을 옮겼다. 루이뿐만 아니라 가필드에게도 밥을 주던 이가 이사를 가버렸기 때문이다. 몇 집은 여전히 밥을 놓았기 때문에 가필드는 영역을 옮기면 됐다. 밥을 주는 이들이 하나씩 떠나기 전까지는. 우연의 일치치고는 괴상했다. 이사철이 되자 한 집을 남기고 밥 주는 이들만 떠났다. 남은 한 집에서 동네의 모든 야옹이들을 먹일 순 없었다. 야옹이들은 살이 빠지기 시작했다. 태어나는 숫자도 눈에 띄게 줄었다. 계절이 바뀌었지만 나는 이별을 받아들일 용기가 부족해서 야옹이들을 마주하지 못했다. 나는 벽을 루이 모양으로 쌓으며 그 뒤에 숨었다. 나는 대부분 지각을 했고 허둥지둥 뛰었다. 충분하게 잤다고 생각했지만 피곤했다. 또 해가 지났다. 결국 나는 루이가 사라졌음을 받아들였다. 그래도 벽은 사라지지

오후 네 시, 마이, 존경을 담아

곽은영

✕✕✕✕✕✕✕✕✕✕✕✕✕✕✕✕✕✕✕✕✕✕✕

않았다. 그것은 체스의 기사처럼 껑충껑충 뛰어와 내 옆 또는 뒤에 섰다. 그동안 가필드는 영영 사라졌고 또 다른 몇도 사라졌다. 하지만 가필드는 분식집 앞을 아들에게 물려주고 사라졌다. 녀석은 분식집 앞에 매일 앉아 있었다. 적어도 그 분식집이 폐업하기 전까지는. 불경기에 분식집이 제일 먼저 쓰러졌다. 녀석도 다른 고양이들처럼 밥을 찾아 나서야 했다. 가로등 아래에 쌓인 쓰레기더미부터 뒤졌다.

그날 녀석의 행색은 말이 아니었다. 꼬리를 다리 사이에 끼우다시피 해서 돌아가는 녀석의 모습이 똑똑, 내가 그동안 쌓은 벽을 두드렸다. 양심의 맥놀이인 건지 정수리가 터지는 느낌이었다. 벽은 순식간에 부서졌다. 나는 항복했다. 가장 가까운 편의점으로 달려가 고양이용 생선 캔을 집었다. 그리고 녀석 앞에 내려놓았다. 녀석은 가지 않고 있었다. 나는 녀석이 냄새를 맡고 밥을 먹도록 멀찌감치 떨어진 뒤 집으로 향했다. 한 시간 후 쓰레기들 사이에 싹싹 비워진 캔 하나가 남아 있었다. 그날 나는 벽의 정체를 보았다. 그것은 인간과 대면을 피했던 나의 마음이었다.

다음 날부터 나는 가방에 녀석의 밥을 담아 동네를 돌았다. 처음 만났던 장소를 출발점으로 야옹이길을 찾기 시작했다. 다행스럽게도 비슷한 시간, 비슷한 곳에서 만날 수 있었다. 녀석은 나를 발견하면 꼬리를 세우고 투명한 느낌이 들 정도의 냥, 한마디를 내며 다가왔다. 비가 오지 않는 이상 하루에 한 번은 만났다. 야옹이 통신은 빨랐다. 일주일이 지나지 않아 근처 야옹이들이 내가 다니는 외길목을 지키기 시작했다. 모두 세 마리였다. 나는 동네 사람들의 눈을 꽤 의식했다. 각오를 하고 시작한 일이지만 인간들과 이야기를 나누는 것은 어색하고 낯설었다. 야옹이를 싫어하는 집과 별생각 없는 집, 우호적인 집들이 쌀과 새우가 들어간 참치 통조림처럼 뒤섞여 있었다. 집 안에서 야옹이와 함께 산다고 해서 밖의 야옹이들에게 우호적인 것도 아니었다. 무엇을 좋아하는지 먹여보기 전에는 절대 모르는 야옹이 입맛처럼 어떤 유형의 인간인지는 내가 직접 귀를 세우고 눈여겨 정보를 수집해야 알 수 있었다.

나는 인간의 눈이 잘 닿지 않는 곳에 살짝 밥을 놓고 남은 밥은 거두었다. 몇 주는 별 탈 없었다. 야옹이에게 욕과 돌을 던지는 이들도 없었고 새로 밥집을 낸 이도 없었다. 나도 아무 일도 없었던 듯 흔적을 지우고 다녔다. 밤 기온이 오르자 늦게까지 밖에 있는 사람들이 늘었다. 길에 누군가 서서 담배를 피우거나 전화를 하거나 또는 산책을 하면 나는 딴청을 피우며 두리번두리번 서성였다. 눈치 없는 야옹이 몇이 냐옹냐옹거렸다. 나는 동네 사람들이 움직이는 시간을 정확하게 파악했다. 그래서 동네를 몇 바퀴씩 도는 영감 하나와 손님이 집에 가야 하루 영업을 끝내는 간판 없는 이탈리안 레스토랑만 잠들지 않고 있는 깊은 새벽을 나의 시간으로 확정했다. 간혹 돌발상황이 생기기도 했지만 나는 마치 내 일이 아닌 듯 피했다. 나는 점점 대담해져갔다. 나는 평화롭게 지내고 싶었고 싸움이 생겨도 평화롭게 해결하고 싶었다. 야옹이들의 빵빵하게 부른 배는 나의 용기를 키워주었다.

나는 카페에 절대로 가지 않는다. 너무 시끄럽기 때문이다. 그런 소음은 변변찮은 오른쪽 귀의 통증을 키울 뿐이었다. 크고 날카로운 인간의 음성 때문에 귀가 아픈 적이 한두 번이 아니다. 그런데 녀석은 오월 내내 내가 지내는 집 뒤에서 짝짓기를 했다. 녀석의 목소리는 내가 만난 모든 야옹이들 중에서 가장 우렁찼다. 야. 나는 드르륵 유리창을 열고 녀석을 불렀다. 녀석은 잠깐 조용해졌다. 하지만 그때뿐이었다. 나는 녀석의 소리가 지나치다 싶으면 창을 닫고 커튼을 내렸다. 왜 이 녀석에게 관대할 수 있는지 나도 설명할 수 없었다. 적어도 내게는 야옹이가 목청껏 지르는 소리는 소음이 아니지만 인간의 싸움 소리, 취객의 고성방가, 학생들의 커다란 욕설, 복덕방과 양품점 단골들의 험담은 모두 소음이었다. 그런 소음이 싫어서 나는 반드시 밤에 사람이 없는 건물의 옆집을 구한다. 그러면 대체로 사무실이나 저녁 장사만 하고 문을 닫는 가게들 옆에 살게 된다. 그런 곳은 야옹이들이 안심하고 자신들의 중대사를 치를 공간으로 적격이다. 그래서 나는 많은 야옹이들의 소리를 구별할 수 있게 되었다. 야옹이들은 꼭 필요하지 않으면 소리를 내지 않았다.

녀석은 때때로 간식이 생각나면 나를 불러내기도 했다. 터보 엔진 소리를 내며. 나는 사람들의 원성이 두려워 후다닥 내려가 밥을 먹었다. 녀석은 나와 산책하기를 좋아했다. 밥을 다 먹은 뒤 녀석은 자신의 영역 구석구석을 소개해주었다. 여길 봐. 여기도 내 땅이야. 혹시 내가 두리번거리다가 뒤처지면 녀석은 내가 따라올 때까지 차분히 기다려주었다. 그리고 꼼꼼하게 전봇대와 자동차와 튀어나온 모서리마다 자신의 영역을 표시했다. 녀석이 지나갈 때 얼씬거리는 야옹이는 하나도 없었다. 네가 이제 왕이 되었구나. 녀석은 늠름했다. 이마는 빛났으며 눈은 초록색으로 일렁였다. 다리는 곧고 튼튼했고 근육이 잘 잡혀 있었다. 얼굴에는 아물어가는 상처 자국이 몇 개 있었다. 나는 녀석과 산책하는 시간이 좋았다. 골목에서 줄넘기나 배드민턴을 하는 사람들이 우리를 보고 말했다. 고양이가 따라가네. 하지만 사실은 녀석이 나를 자신의 집에 초대한 것이었다.

　별 탈 없이 봄이 지나가고 있었다. 하지만 여름이 오기 전, 녀석은 나를 불렀다. 늘 그랬던 것처럼 오후 네 시였다. 나는 특이한 점을 알아채지 못했다. 주차장에는 차들이 있었고, 녀석은 한가운데 꼿꼿하게 앉아 있었다. 녀석은 내가 옆에 앉았는데도 소리를 냈다. 조금 다른 목소리였다. 무슨 뜻일까. 하지만 십 초도 지나지 않아 알 수 있었다. 작고 작은, 아주 작은 야옹이 둘이 차 밑에서 조심스레 기어나왔다. 나를 보고 화들짝 놀라더니 다시 숨었다. 너희만 놀란 게 아냐. 난 더 놀랐어. 이 상황에서 태연한 것은 녀석뿐이었다. 나는 꼬마들이 무슨 빛깔이었는지 제대로 보지 못했다. 차 밑을 들여다보았으나 잔뜩 웅크린 아기 둘의 실루엣만 확인했다. 이제 진짜가 왔구나. 나는 두려움 반 설렘 반 가슴이 뛰었다.

　녀석은 훌륭한 아버지였다. 동네 순찰의 마지막 장소로 반드시 아기들이 지내는 곳을 찾아왔다. 아기들은 넓은 사설 주차장에서 숨어 지냈다. 새벽 세 시면 아기들은 뛰어나와 아버지를 반기며 주차장에서 놀았다. 나는 온 가족 밥보따리를 풀어놓았다. 하지만 아기들이 있으면 아버지는 조용히 밥상을 떠났다. 나는 갈등을 느꼈다. 아기들을 더 지켜보아야 할지, 녀석을 따라가 밥그릇을 내려놓아야 할지. 나는 녀석을 따라갔다. 어차피 아버지가 떠나면 아기들도 숨어버리니까. 아기들은 조금 더 자라자 대낮에도 조금씩 눈에 띄기 시작했다. 오후 네 시면 녀석이 왔다. 그리고 나와 함께 아기들을 보러 갔다. 아기들은 아버지가 오면 꼬리를 세우고 코를 킁킁거릴 준비를 하고 마구 달려왔다. 나는 모두 숨어서 조촐한 피크닉을 누릴 장소로 이 가족을 안내했다. 식사가 끝나면 아기들은 장난을 쳤다. 너무 버릇없이 굴면 아버지의 따끔한 훈계가 이어졌다. 아기들은 해서는 안 되는 일을 즉시 배웠다. 그건 짧은 만남이었다. 아버지는 곧 일어섰다. 가지 말라고 아기들이 앙앙 울어도 아버지는 잠시 뒤를 돌아 새끼들과 함께 있는 나를 쳐다보고 자신의 잠자리로 떠났다. 걸음걸이는 여유로우면서도 당당했다. 나는 녀석을 존경하게 되었다.

아기들이 나와 가까운 곳에 지내면서 녀석이 오는 간극은 점점 벌어졌다. 매일 오다가 이틀 만에 오다가 나흘 만에 오기도 했다. 어떤 때는 내가 찾아 나서 데려오기도 했다. 녀석은 아기들이 씩씩하고 독립적인 야옹이로 크길 바라고 있었으며 이곳을 아기들의 땅으로 물려줄 생각이 확실했다. 그러든 말든 아기들은 여전히 낮 동안 숨어 있었으며 새벽이면 주차장에서 세상 끝까지라도 갈 수 있을 태세로 달렸다. 나는 녀석의 저녁밥을 먼저 차려주고 아기들

을 찾으러 나갔다. 나는 괘종시계의 추처럼 아버지와 아기들 사이의 야옹이길을 몇 번이고 오고 갔다. 물병이 튀어나온 불룩한 손가방 하나를 들고. 나를 알아챈 이는 편의점의 새벽 점원과 신문 배달부, 새벽 청소부였다. 나는 이들이 느슨하더라도 결국 연결되어 있음을 알고 있었다. 내 일을 방해받지 않으려면 내가 더 확실한 은신처를 찾아야 했다. 그래서 제2, 제3의 어딘가와 방법을 찾아 두리번두리번 다녔다. 가장 확실한 것은 밥집을 여는 것이었지만, 24시간 밥집을 운영하려면 반드시 인간과 부딪쳐야 했다. 나는 24시간 밥집을 최후의 형태로 미루어두었다.

그해 여름, 한 달 내내 비가 내렸다. 나는 녀석을 만나지 못했다. 아기들도 비가 그친 잠깐 동안 운이 좋아야 만날 수 있었다. 불안했다. 처음으로 나는 집을 가진 이들이 부러웠다. 집주인은 실내에 동물이 들어오는 것을 금지했다. 나는 잠깐씩 비가 그칠 때 녀석이 일러준 야옹이길을 훑어 밥을 놓았다. 밥이 그대로 남아 있으면 속이 타들어갔다. 얼굴에는 사료 부스러기 같은 뽀루지가 가득 돋았다. 어차피 비가 그쳐야 해결될 일이었다. 이제 이들은 내게 단순한 야옹이가 아니었다. 나는 오래도록 봐두었던 곳에 24시간 밥집을 열었다.

장마는 줄기차게 지속되었지만 끝나는 것은 깔끔했다. 밥도 잘 사라졌다. 하지만 녀석과 아기들은 보이지 않았다. 햇볕이 따가웠지만 나는 빨래도 널고 주차장에 앉아 오후를 흘려보내고 있었다. 오후 네 시구나. 불현듯 집으로 들어오는 입구를 쳐다보았다. 소리도 내지 않고 녀석이 내게 오고 있었다. 아니, 와 있었다. 나는 벌떡 일어났다. 녀석은 곁에 와 누웠다. 급히 밥을 내놓았지만 먹지 않고 잠시 자리를 바꿔 다시 누웠다. 나는 녀석의 발바닥을 들여다보았다. 길고 선명한 한 줄. 녀석은 내가 만지는 것을 거부했다. 나를 한번 쳐다보더니 자신의 집으로 되돌아갔다. 녀석은 다리를 절고 있었다. 망치로 얻어맞는 기분이 이런 거구나. 나는 녀석을 따라가지 않았다. 대신 야옹이길을 뒤졌다. 명백한 증거가 금방 드러났다. 녀석이 다니는 길에 열 병 이상 깨졌을 법한 초록색 소주병 조각이 수북했다. 재활용 청소차량은 이렇게 수거에 실패해도 치우지 않고 그냥 간다. 뒤처리는 골목당번인 청소부에게 맡긴다. 나는 수의사를 찾아갔다. 진료 기록을 남겨야 하는데요. 이름이 뭔가요? 어쩌나. 우리는 인간들처럼 이름을 부르지 않아도 서로를 찾아냈다. 하지만 인간에게 설명하려면 어쩔 수 없이 인간식 이름이 필요했다. 마이. 마이라고 해주세요. 나는 약을 들고 뛰었다. 녀석은 보금자리에서 나를 기다리고 있었다.

마이는 한 달쯤 뒤 건강해졌다. 전보다 더 씩씩해진 것 같기도 했다. 선선해진 가을밤 마이는 자동차마다 구석구석 스프레이를 했다. 내게는 청소차량이 지나간 다음 야옹이길을 더듬는 일이 하나 더 늘었다. 의외로 길에는 유리 조각이 많았다. 술병 조각, 가구의 유리 조각, 거울 조각. 나는 유리 조각을 발견할 때마다 빗자루를 들고 와 쓱쓱 쓸었다. 본의 아니게 나는 골목길 쓸어주는 봉사를 하는 이가 돼버렸다. 나는 다만 내 야옹이들의 맨발을 걱정할 뿐이었다. 위험을 피해 급하게 뛰다가 날카로운 조각에 발을 베이는 내 야옹이들 말이다.

추석 연휴가 되자 가족을 찾아온 이들이 많아 곳곳에 주차된 차가 평소보다 늘었다. 모든 곳에 스프레이를 하는 것은 마이의 중요한 일과였다. 자동차 몇 대에 스프레이를 하더니 마이는 잠시 차들을 쳐다보았다. 그리고 편의점으로 걸어갔다. 편의점의 에어컨 옥외기를 쿵쿵 탐색했다. 설마. 마이는 엉덩이를 평소보다 더 높이 들어 옥외기를 조준했다. 발사. 순식간에 뜨거운 바람에 실려 마이의 소변 냄새가 하늘 높이 아주 멀리까지 퍼져나갔다. 나는 웃음을 참을 수 없었다. 마이도 자신의 소변 냄새의 강력함에 흠칫 놀랐다. 지나가던 이가 우리를 흘깃 쳐다보았다. 달이 아주 휘황하게 떠 있던 밤이었다.

아줌마아. 또 시작이구나. 나는 웃으며 인사를 했다. 아줌마가 밥 주는 거요? 나는 조심스럽게 꼬마들 앞에 서서 아기들을 가렸다. 제발 밥 좀 주지 마쇼. 여기다 싸서 똥 냄새 천지요. 왜 남에게 피해를 주는 거요? 나는 더 잘 치우겠다고 머리를 조아렸다. 아저씨 목소리가 점점 커지자 동네 사람들이 구경을 시작했다. 나는 아기들을 집으로 데려갔다. 내가 시야에서 벗어났을 텐데도 조용해지지 않는다. 나는 귀를 털었다. 아기들도 내 앞에 앉아 뒷발로 귀를 턴다.

그런 정성으로 사람한테 잘하쇼. 충고도 들었다. 성격에 문제가 있는 거 아니요? 사람보다 고양이나 챙기고 있으니. 쯧쯧. 나는 웃으며 대답했다. 예. 제가 성격에 문제가 있습니다.

아줌마. 사방이 고양이 천지예요. 시끄러워서 잠을 못 자요. 그렇게 이쁘면 집에 데려가 키우던지. 예. 저도 그러고 싶은데 형편이 안 되네요.

나는 항상 공손하게 인사를 한다. 그럼 상황은 끝난다. 야옹이에 관한 기호는 매우 완고해서 쉽게 바뀌지 않는다. 나의 원칙은 단순했다. 밥과 똥. 내가 양보하지 않는 것처럼 그들도 양보하지 않는다. 자신에게 해가 되면 바로 돌변하는 것이 인간이었다. 야옹이들이 방어적으로 발톱을 세우는 것과 똑같다. 하지만 진심으로

공격당하지 않는다는 것을 알면 주먹 대신 펼쳐진 손을 내밀 줄 아는 것도 인간이었다. 밥을 줘도 하악질로 경계하다가 어느 순간 다리에 몸을 비비며 가르랑거리는 야옹이와 똑같다. 나는 사람들을 피하지 않게 되었다. 집을 지키고 조용하게 타협할 영역을 늘리는 법을 터득한 것은 순전히 야옹이들 덕이다.

자정이 지나면 나는 꽃삽을 들고 똥을 치운다. 모래를 뒤적이면 아기들은 그 옆에 또 싼다. 아기들이 소변을 본 모래에는 베이킹파우더를 뿌렸다. 마이는 소변을 하수구에 보았다. 똥은 주로 아스팔트에 쌌다.

비가 내리는 늦가을답게 스산했지만 나는 추운 줄 몰랐다. 꼬마들은 서로 이마와 뺨을 마주 대고 쌔근쌔근 자고 있었다. 마이는 기척도 없이 다가와 아기들을 들여다보고 있다.

평화가 거기 있었다.

내 영감의 원천, 고양이의 매력은 영원하니까 ◌◌◌◌◌◌◌◌◌◌◌ SOON

○○○○○
웹툰작가. 필명 SOON. 시각디자인과 졸업.
웹툰 〈탐묘인간〉을 2011년부터 2013년까지 포털 다음에서 연재,
동명의 책이 출간되고 있다(현재 new season 3권 제작 중).
'탐묘인간貪猫人間'은 고양이를 매우 아끼고 사랑하는 사람이란 뜻이며,
올해로 두 마리 고양이들과 동거 십 년째를 맞고 있다.

1

　글쓰기에는 도무지 자신이 없는데 무얼 써야 하나 모니터 앞에 앉아 고민하기를 삼십 분. 어쩐지 다리가 저려와 아래를 내려다보니 어라, 웬 고양이 한 마리가 내 무릎 위에서 자고 있다. 양 코끝에 까만 점이 대칭으로 나 있고, 털은 흰색과 검은색이 적당히 섞인 턱시도냥이라고 하기도 젖소냥이라고 하기도 애매한 녀석이다. 내려다보는 시선을 저도 느꼈는지 게슴츠레 뜨는 눈은 선명한 녹색. 이 녀석이 편안히 잘 수 있게, 나는 다리가 저릿하도록 양반다리까지—심지어 의자 위에서—하고 있었다는 사실을 방금 전에야 깨달았다. 아픔을 전혀 느끼지 못했던 걸 보면 이 녹색 눈에 조종당하고 있었던 게 분명하다. 고양이가 이렇게 무서운 동물이다!

　고양이와 함께 살게 된 과정도 다리가 저리게 된 것과 비슷했다. 딱히 그러려고 했던 기억이 없는데, 문득 정신을 차려보니 고양이 두 마리가 내 곁에 있었다. 녀석들은 슬그머니 내 일상으로 들어와 이젠 고양이 없는 하루는 상상도 할 수 없게 만들었다. 아침에 일어나면 고양이 밥을 먼저 주고 내 밥을 차린다. 냉장고 안에는 내 밥과 고양이 밥이 나란히 들어 있고 가끔 밥상의 재료를 공유하기도 한다. 쓰던 접시가 지겨우면 고양이 밥그릇이 되기도 하고, 고양이에게 거부당한 간식은 나의 술안주가 되기도 한다. 내가 화장실에서 힘을 주고 있으면 녀석이 따라 들어와 옆에서 힘을 주고, 내 것과 고양이의 맛동산(고양이의 대변, 과자 맛동산과 모양, 색이 비슷해 맛동산이라고 부른다. 맛도 비슷할지는……)은 마치 전우처럼 한 물살을 타고 떠내려간다. 잠을 잘 때도 늘 함께다. 고양이가 숙면을 취할 수 있도록 편한 자리를 내주고 남은 좁은 자리에서 나는 투탕카멘 자세로 잠이 든다.

어쩐지 전부 녀석들의 뜻대로 되는 것 같지만, 이제 와서 다리가 저리다고 불평해도 소용없는 일. 그나마 자세라도 약간 고쳐볼까 조금 움직였더니 대번에 짜증을 낸다. 처음 만났을 때는 그렇게 필사적으로 애교를 떨었으면서 이제는 아쉬울 것 없다는 분위기를 팍팍 풍기며 슈퍼 갑질을 하고 있는 이 고양이의 이름은 미유 美裕. 아름답고 유복하라고 임보자(임시보호자)님이 지어준 이름과 다르게 내 첫 고양이 미유의 묘생 猫生은 박복하기 이를 데 없다.

2

개라면 몰라도, 나는 고양이에겐 별 감흥이 없는 쪽에 속하는 사람이었다. 딱히 싫어하지도, 좋아하지도 않았다. 고양이가 아직 반려동물의 범주에 들어가지 않을 때라 그랬을까. 여기저기 어슬렁거리는 길고양이를 봐도 동물이라기보다 그저 지나가는 배경처럼 여겼다. 구석진 곳에서 후다닥 뛰어가는 검은 그림자를 봤을 때나 세로로 선 동공과 눈이 마주쳤을 때, 근거 없는 두려움을 느끼며 돌아가기에 바빴던 걸 보면 오히려 부정적인 감정이 더 컸던 듯하다. 그래서 미유를 처음 만났을 때 선뜻 집으로 들인 건 지금 생각해도 신기한 일이다. 묘연猫緣이란 항상 이렇게 묘妙하다.

십일 년 전, 내가 살던 대학가 원룸 앞에는 더러운 얼굴에 갈비뼈가 다 드러난 앙상한 몸으로 사람들에게 매달리던 고양이가 있었다. 저러다 발에 차이지 않을까, 왠지 조마조마한 기분이 들었다. 지나가는 사람마다 집요하게 따라다니며 누군가 발걸음을 멈추면 배부터 까뒤집기 바빴던 녀석. 고양이가 원래 저런 동물이었나, 처음 보는 광경에 자취생의 귀한 친구, 즉 천하장사 소시지를 하나 까주었던 것이 미유와의 첫 만남이었다(지금 생각해보니 내가 특별히 '간택'당한 게 아니라 아무한테나 매달렸는데 그중 내가 걸려들었나 싶어 조금 께름하다. 녀석에게 나는 자동선택으로 당첨된 5등 로또 같은 존재가 아니었을까). 그저 불쌍하니까, 일단 배불리 먹이고 깨끗이 씻기겠다는 단순한 생각으로 건물 안에 들였는데 관리인 아줌마의 반대가 대단했다. 내가 사는 건물에서 살다 나간 사람이 몰래 기르다 버린 고양이였던 것이다. 침대 매트리스며 벽지며 온통 고양이 오줌 범벅으로 해놓은 것도 모자라 이사를 가면서 하필 집 앞에 버리고 간 탓에 자꾸 사람을 따라 들어온다며, 아줌마는 고양이를 버린 사람에게 고양이를 찾아가라는 전화를 걸었다. 당연하게도…… 전 주인은 고양이를 데려갈 수가 없다고 했다. 함께 살던 고양이가 길에서 헤맨다는데 뭘 먹고 사는지 걱정은 안 됐을까, 다른 주인을 찾아주려는 노력은 해봤을까, 모두에게 사정이란 게 있다지만 꼭 그런 식이어야 했을까……. 그 당시 미유의 모습을 떠올릴 때마다 지금도 화가 치미는 부분이다. 아무튼 이 주 안에 새 주인을 찾아 내보내겠다고 대책 없이 큰소리를 쳐서 겨우 관리인 아줌마를 설득했다. 돌이켜보면 고양이에 대해 너무나 무지해서 칠 수 있었던 큰소리였다.

내 집은 고시원형 원룸이라 책상 하나, 침대 하나, 냉장고 하나가 빠듯하게 들어가는 작은 방이었다. 아는 것도 없고, 방도 좁고……. 고양이는 화장실이 필요하다고 하기에 제대로 된 화장실 대신 관리실 옆 재활용함에서 종이박스를 하나 주워와 《벼룩시장》

내 영감의 원천, 고양이의 매력은 영원하니까

SOON

신문지를 그 안에 깔았다. 사료 대신엔 데쳐서 소금기를 뺀 캔참치와 먹이면 안 되는 사람이 마시는 우유를 잔뜩. 이렇게 아무것도 모르던 나에게 고양이는 첫날부터 살갑게 안겨왔다. 아주 오래전부터 그래왔던 것처럼 내 팔에 자기 턱을 괴고 태평하게 졸거나 눈만 마주치면 따갑도록 내 살갗을 핥아댔다. 고양이 혀가 때수건 수준으로 따갑다는 것도, 잘 땐 보살미소를 지으며 잔다는 것도, 목 밑에서 나는 구르릉거리는 소리는 아픈 게 아니라 기분이 좋아서 내는 소리라는 것도 나는 이때 처음 알았다. 이제껏 알던 고양이의 모습과는 전혀 다른 첫 대면이었다.

고양이와 함께 지내기를 며칠, 빅뉴스가 빵빵 터졌다. 사실은 이렇게 볼품없고 품종묘도 아닌 길고양이는 새 주인을 찾아주기가 어렵다는 사실. 게다가 그 배 속에는 이미 한 달 된 새끼가 네 마리나 들어 있었다는 사실. 괜히 집에 들였구나 하는 후회도 잠시, 배 속에서 꼬물거리는 새끼들 걱정이 추가되었다. 다섯 마리로 불어나기 전에 어떻게든 보내야 한다는 생각에 위험한 줄도 모르고 임신냥이를 벅벅 씻겼다. 얼굴의 때를 벗기고 안 보이는 귓속까지 깨끗하게 닦아 분양글을 여러 번 올렸지만 귀여운 아기 고양이들과 품종묘들 사이에서, 볼품없고 부담스러운 임신냥이의 분양글은 댓글 하나 없이 금방 몇 페이지 뒤로 밀리기 일쑤였다. 관리인 아줌마와의 약속일은 다가오고 예상은 다 빗나가고……. 하루하루 초조해하던 중 기적같이 연락이 왔다. 이미 고양이 한 마리를 키우고 있던 분이었는데, 선뜻 임신냥이를 맡아 출산 후 새끼들이 차례로 분양될 때까지 다섯 마리 대식구를 넉넉히 거둬주었다(미유라는 이름을 지어준 것도, 제대로 된 집고양이로서의 버릇을 들여준 것도 모두 이분이 한 일이었다. 지면을 빌려 감사드린다).

급하게 구한 이동장에 고양이를 담아 사당역 안에서 임보자분을 만났다. 좋은 분 같아. 임시보호지만 잘하면 너 그 집 고양이가 될지도 몰라. 건강한 새끼들 낳고 밥도 잘 먹어야 해. 이제 잘 가렴. 덤덤하게 고양이를 보냈는데 고양이를 태운 지하철이 사라지자마자 이상하게 눈물이 났다. 한참을 그 자리에 앉아 있다가 겨우 집에 돌아왔더니 고양이 목에 매주었던 빨간 피자 포장끈이 덩그러니 남아 있어 또 눈물. 고양이가 쓰던 화장실 박스를 다시 재활용함에 넣을 때도 자꾸만 눈물이 흘렀다. 어, 나 왜 이러지. 원래 계획했던 대로 잘 보냈잖아. 걱정거리가 사라졌으니 이제 시원해야 하는데, 이상하게 자꾸 서럽고 쓸쓸한 이 기분은 뭘까. 작은 내 방이 이렇게 커 보이다니, 같이 산 건 고작 이 주일뿐이었는데 나를 이토록 울게 만들다니. 분명 그 고양이가 그새 나에게 어떤 몹

쓸 짓(?)을 한 게 틀림없었다.

　몇 달 동안의 임보가 끝나고 미유는 다시 나에게 돌아왔다. 임보자분이 둘째를 들일 생각을 하고 있었고 많이 예뻐라 해주었기에 혹 미유가 그 집 둘째가 될 수도 있지 않을까 내심 기대했었는데, 굴러온 돌이 박힌 돌 빼낸다고 원래 있던 고양이를 너무 괴롭혀서 그냥 마음을 접은 것 같았다. 이번에는 애써 다시 분양할 생각을 하지 않았다. 다행히 같은 가격에 훨씬 넓은 집을 구할 수 있었고 일 년 뒤 둘째 앵두를 입양하면서 미유, 앵두 그리고 나, 이렇게 셋이 사는 지금의 모습이 완성되었다.

3

　《탐묘인간貪猫人間》은 2011년부터 포털에서 연재했던 웹툰이지만 실은 그보다 오 년 전, 미유랑 앵두랑 함께 살면서 문득문득 생각난 것을 블로그 ah1983.egloos.com에 올린 것이 먼저였다. 고양이를 키우면서 생기는 에피소드와 아이디어들을 그저 내 머릿속에만 담아두기가 아까웠고, 점점 변해가는 나의 모습, 그때그때 느낀 감정과 시행착오들을 다른 사람들과 나누며 나만 그런 게 아니란 걸 확인하고 싶은 마음이 자꾸 커져갔던 것이다. 물론 그중 가장 컸던 건 내 고양이를 자랑하고 싶은 마음이었지만……. '탐묘인간'은 고양이를 아끼고 사랑하는 사람이란 뜻으로, 고양이들이 곁을 지나가면 덥석! 하고 안아버리는 내 모습이 꼭 낚아챈 파리를 놓지 않는 식충식물 같아 탐할 탐食, 고양이 묘猫에 인간을 합쳐 탐묘인간이라고 이름 붙인 것이 첫 에피소드였다.

물론 다른 동물과 지내는 것도 마찬가지겠지만, 고양이란 동물과 함께 살면서 생기는 에피소드는 정말이지 무궁무진하다. 하루종일 본체만체하다가도 꼭 뭔가 집중해서 하려고만 하면 책이나 컴퓨터 주위를 알짱거리며 '그딴 거 말고 이 몸을 보라' 주장하는 잔망스러움, 새로 빤 이불에 오줌 테러로 불만을 표시해놓고선 화가 난 주인을 애교로 위로하는 밀당 스킬, 도도함 속에 숨겨진 백치미 등 단 하루도 같은 모습이 없다. 생김새는 또 어떤가. 유리알 같은 눈 속에 빛에 따라 시시각각 변하는 동공, 촉촉한 코와 이어지는 'ㅅ'자 모양의 입, '고양이 액체설'을 증명하듯 말랑말랑 유연한 몸, 그리고 기분이 좋을 때는 느릿느릿 흔들다가도 나쁠 때면 바닥을 탕탕 내리치는 기다란 꼬리, 발바닥마다 한 마리씩 품고 있는 곰돌이 젤리로부터 반전처럼 뿜어져나오는 털까지, 한 군데도 지루한 모습이 없다.

이렇게 고양이란 동물의 매력에 눈을 뜨고 함께 살게 되니 또

다른 모습이 눈에 들어오기 시작했다. 노란 털빛 위에 검은 먹물을 마구 떨어뜨린 것 같은 앵두의 털 무늬가 꼭 폴락Jackson Pollock의 작품 같았다. 유전자로 액션페인팅을 해야 겨우 나올 것 같은, 세상에 하나밖에 없는 불규칙한 무늬. 내 고양이의 털빛이 작품처럼 보이기 시작하자 다른 고양이는 어떨까 관심이 생겼다. 코와 귀 끝, 발끝과 꼬리 끝으로 갈수록 까매지는 샴의 털빛은 꼭 먹물이 퍼지는 안견의 산수화를 닮았고, 노란 줄무늬의 치즈 태비들은 고흐가 그린 넘실넘실 누런 밀밭처럼 보였다. 검정과 흰색, 두 가지 색의 턱시도 고양이는 절제된 색만을 이용해 감정을 표현했던 마크 로스코의 그림을 연상시켰다. 이런 생각을 모아 그리게 된 에피소드가 〈빙의〉 편. 고양이를 창조한 나른신이 고양이를 한 마리씩 만들 때마다 유명한 화가들에게 빙의해 각각의 고양이에게 고유의 털빛을 준다는 내용이다. 고양이 털빛에서 받은 영감은 꼬리에 꼬리를 물고 이어져, 나중엔 고양이 털빛에 따라 점박이 고양이는 콩설기, 갈색 고양이는 비엔나커피 등으로 비유한 에피소드를 만들기도 했다.

주로 4컷에서 10컷 내외의 짧은 호흡 위주의 에피소드를 올렸던 블로그와는 달리, 다음에서 정식 웹툰 연재를 할 때에는 독자를 그 페이지에 묶어둘 어느 정도의 분량을 위해 내 이야기 외에 다양한 소재를 찾게 되었다. 추사 김정희의 〈모질도〉 등 고양이와 관련된 미술 작품에 숨겨진 이야기를 찾아내고, 금손이란 고양이를 각별히 아꼈던 '조선 최고의 집사' 숙종 임금의 일화(〈작가의 고양이〉 편)를 그리면서, 역사적 인물들의 이야기를 찾아내 재구성하는 작업은 참 즐거웠다. 나비처럼 떠나버린 부귀영화 대신 대가의 그림 속에 초연하게 앉아 있는 고양이 한 마리, 신하들을 노련하게 지휘하는 일국의 왕을 유일하게 안달복달하게 했던 고양이 금손이와 고독했던 작가의 밤을 지켰던 헤밍웨이의 고양이들. 역시 고양이의 매력은 국경과 시대를 가리지 않았던 모양이다. 지금 2015년의 나에게도 그렇듯이.

작업은 수작업에 디지털 작업을 더하는 방식으로, 펜 선을 콩테로 넣고 이를 스캔받아 컴퓨터로 편집하고 채색하여 원고를 완성한다. 연재 당시에는 작업기법에 대한 질문을 많이 받았는데 주로 쓰는 도구는 연필 콩테. 수작업의 느낌을 살리면서 선의 완급 조절이 가능한 도구를 찾다가 콩테에 정착하게 되었다. 가격도 저렴하고 거칠면서도 따뜻한 특유의 느낌이 있다는 게 장점이지만, 사방에 가루가 날리고 힘을 많이 주어 한 선 한 선 그어야 하기에 손목이 아픈 것이 단점이라고 할 수 있다. 수정도 힘든 탓에 실제

원고를 보면 캐릭터의 얼굴과 몸이 따로 분리되어 여러 번 다시 그려져 있거나(이럴 때는 스캔 후 얼굴과 몸을 합성한다) 콩테 가루가 여기저기 묻어 있어 독자들의 환상을 깨버렸을지도 모른다.

4

언젠가 타로점을 보다가 내 고양이들에 대해 물어본 적이 있다. 카드 치는 분도 고양이를 여럿 키워서 자기 고양이들에 관해 자주 타로점을 본다고 하면서 대뜸 "미유는 정말 당신을 사랑하네요. 미유는 자신이 표현하는 애정만큼 당신도 표현해줬으면, 하고 답답해하고 있어요"라고 말하는 것이었다. 많이 변했다고 생각했는데 아직도 부족하구나, 그런데도 나는 사랑받고 있구나, 하고 순간 울컥했다.

고양이와 함께 살기 전의 나는 애정표현에 정말 인색한 사람이었다. 엄했던 가정에서 자란 탓도 있고 뭐든지 귀찮아하고 천성적으로 타인에게 무심한 성격을 가진 탓이기도 할 것이다. 그렇더라도 뭐 별 탈 없이 이십 대 중반까지 살아왔던 것이다. 그래서 내 의지로 고양이들을 데려왔음에도 불구하고 그저 밥만 주고 똥이나 치워주면 되겠거니, 굳이 큰 관심을 두고 살피지는 않았다. 말하자면 생활에 필요한 행위를 해주는 것이 애정표현의 전부라고 생각했던 것.

그런데 고양이들은 그렇지 않았다. 미유는 내 목소리가 들리면 잠결에도 꼬리를 통통 친다(고양이는 좋아하는 소리가 들리면 꼬리를 흔든다). 내가 외출했다가 돌아오면 총총총 달려나와서는 밖에서 뭘 먹었는지, 다른 고양이 냄새는 나지 않는지 꼭 냄새를 맡아 확인했고 싫어하는 짓을 하면 앙칼지게 화를 내다가도 금세 화를 풀고 먼저 다가와주었다. 소심한 앵두는 아직까지도 나와 몇 걸음 떨어진 곳에서 비비적대며 간접적으로 애정을 표현하지만, 내가 욕실(고양이에게 욕실은 곧 지옥, 고양이는 목욕을 끔찍이 싫어한다)에서 세수라도 할라치면 걱정이 되어 빨리 나오라고 밖에서 울고불고 난리가 난다. 마감 때문에 새벽까지 일하는 밤에는 언제 잘 거냐고 교대로 몇 번이나 데리러 오기도 한다.

지난 십여 년 동안 이렇게 미유는 한결같이 자기주장 강한 사랑을, 앵두는 점점 은근해지는 사랑을 주었다. 물질적으로 받는 건 없지만 그것과는 비교할 수 없는 사랑을 받고 있었다는 사실을 깨닫게 해주었고, 나아가 가족과 타인이 내게 베푸는 온전한 애정과 관심, 거기서 비롯된 세심한 관찰과 배려가 내 눈에 보이도록 해주었다. 〈탐묘인간〉을 연재하면서 따뜻한 느낌과 위로를 받았다고

내 영감의 원천, 고양이의 매력은 영원하니까

SOON

하는 사람들이 많았는데 내 고양이들에게 받았던 것이 그렇게 작품에 담긴다면, 그걸 앞으로도 많은 사람들과 나눌 수 있다면 정말 행복하고 감사하겠다.

씩씩씩. 이상한 소리에 아래를 내려다보니 웬 늙은 고양이 한 마리가 무릎 위에서 코를 골며 자고 있다. 내 기억엔 흰 털과 검은 털이 칼로 그은 듯 단정하게 나눠져 있었는데, 오늘 보니 왜 이렇게 새치가 많은 거지? 여기랑 여기, 언제 털색의 경계가 불분명해진 거야? 볼 쪽은 거의 반백이네! 내친김에 발바닥부터 자세히 살펴보니 까맣던 포도젤리는 군데군데 색소가 빠져 있고 예전처럼 말랑하지도 않다. 생각해보니 미유야, 불러도 꼬리로 대답하지 않을 때도 많고, 집에 돌아왔을 때 마중도 늦다. 이제 바퀴벌레도 개미에도 도무지 관심이 없고 이유 없이 짜증만 늘었다. 자잘한 병치레도 같이. 인정하기 싫지만 어느새 나의 미유와 앵두는 노묘老猫가 되었다.

동물을 키우는 사람들은 다 마찬가지겠지만, 동물과 함께 보낸 시간만큼 두려움도 쌓인다. 특히나 늙은 동물을 키우는 사람들은 언젠가 헤어져야 할 시간에 대한 걱정을 훨씬 구체적으로 할 수밖에 없다. 그 '언젠가'가 생각보다 빨리 오고 고통스러울까봐 늘 두렵다. 하지만 이 두려움 때문에 아직도 매일 보여주는 새로운 모습들, 노묘이기 때문에 볼 수 있는 모습들을 그냥 흘려보내고 싶지는 않다. 내 고양이들이 하루하루 늙어가는 모습부터 언젠가 떠나가는 그날의 두려움까지, 솔직하게 하나하나 그대로 기록하려는 마음으로 요즘은 〈Old Cat Diary〉를 그리고 있다. 아마 정식 연재 대신 예전처럼 SNS와 블로그를 통해, 생각날 때마다 차곡차곡 올릴 것 같다.

흰 털이 늘어서 사라져버린 노묘의 똥꼬 밑 흰 점을 그리워하고, 반응이 느려진 노묘에게 너 아직 날 사랑하는 거 맞니, 예전엔 안 그랬잖아, 하고 매달리고, 아기 고양이를 보면 녀석이 가진 창창한 미래 때문에 부러워하고, 닮은 고양이 사진을 보면 벌써부터 울컥하는 이 감정들. 하루하루 내 방식대로 잊지 않고 기록하고 또 나누고 싶다.

노묘라도 내 영감의 원천, 고양이의 매력은 여전하니까.

마음을 쓰는 일 ∆∆∆∆∆∆∆∆∆ 염승숙

△△△△△
소설가. 1982년 서울 출생. 2005년 《현대문학》으로 등단했고,
동국대학교 국어국문학과 대학원 박사과정을 수료했다.
소설집으로 《채플린, 채플린》《노웨어맨》《그리고 남겨진 것들》,
장편소설로 《어떤 나라는 너무 크다》가 있다.

고양이와 함께 살기 시작한 지 올해로 십 년. 암고양이고, 이름은 고래입니다. 태어난 지 두 달쯤 됐을 때 데려왔으니 열 살이 된 셈입니다. 열 살. 고양이의 세계에서 보면, 고래는 이제 저보다도 나이가 훨씬 많아졌습니다. 쉰을 조금 넘긴 중년의 아주머니쯤일까요. 매일 습관적으로 고래야, 고래야 불러대다가 두어 해 전부터는 짓궂게 자주 고래 아줌마, 고래 할머니, 하고 놀리며 두 팔을 들어올려 껴안기도 하는데요. 그럴 때면 고래가 녀석 참, 하는 눈으로 혼자 신나 하는 나를 바라본다고 느낄 때가 있는데 음, 기분 탓이겠죠. 삐칠까봐, 대체로는 고래 씨, 라고 존중해 불러줍니다. 고양이의 수명은 대략 열다섯 살 전후라는데, 어쩌면 그리 오래지 않을 가까운 미래에 우리는 멀리 떨어지게 될지도 모르죠. 그 길고 슬픈 이별을 내가 벌써부터 크게 두려워하고 있다는 걸, 고래 씨는 알고 있을까요.

고래라는 이름은 친오빠가 지어주었습니다. 아가였던 고양이가 무서워하며 침대 밑에서 고래고래 소리만 질러대서였다고도 하고, 언젠가는 날 좋아해주겠지, 라는 의미의 고(期待)래라고도 하는데…… 내 기억엔 고양이니까 고씨로 짓자, 해서 '고'로 시작하는 단어를 가져다 붙인 게 아닌가 하기 때문에, 말하자면 지나고 나니 고래의 이름이 왜 고래인가에 대해서는 사실 단순하리만큼 아무런 이유가 없는 것 같기도 하고, 조금 머쓱합니다. 이름이란 건 때로 고약해서, 사람이건 동물이건 혹은 사물이건 간에 어째서 그런 이름인가에 대해 수도 없이 설명을 요구받는 때가 있는데요. 고래가 왜 고래인지 콕 집어 설명할 수 있을 만한 이유는 아닌 것 같네요. 소설을 쓰는 사람이라서 솔직해지자면 문학적으로 어떤 유려하고도 미려한 수사를 붙이고 싶은 충동을 느끼기도 하지만, 미안합니다, 어쨌거나 고래는 고래. 얼굴이 붉어지지만 그냥, 고래입니다. 어쨌거나 그냥 고래와 함께…… 중년의 아주머니가 된 고래 씨와 함께…… 십여 년간 지내오고 있습니다.

고양이가 왜 좋아요? 라는 질문을 자주 받는데, 그건 어떤 논리적인 맥락으로도 상대를 이해시킬 수 없는 게 대부분입니다. 사람을 좋아하는 것과 다르지 않습니다. 알고, 이해하고, 호감을 느끼는 건 '필연적'이라고 할 만한 과정이죠. 잘 짜인 형식이나 법칙으로 설명되는 것이 아니라 결과가 반드시, 정말이지 반드시 그렇게 될 수밖에 없는 성질. 나는 그렇게 생각합니다. 애정이나 사랑은 좀처럼 숨겨지지 않고 감출 수도 없는 것. 고래가 그냥 고래인 것과 같이, 고양이도 그냥 고양이니까 좋은 것입니다. 무슨 말이 더 필요할까요. 세상엔 고양이와 같이 살고 있는 사람과 그렇지 않은 사람이 있을 뿐이라고 여기면 됩니다. 어려울 건 없죠. 그러니 다시 말하지만 어쨌거나 그냥 고래와 함께…… 중년의 아주머니가 된 고래 씨와 함께…… 고양이니까 좋은 고양이와 함께…… 십 년이 넘도록 안고 부비며 지내고 있는 것입니다.

고래를 처음 집으로 데려온 건 스물넷의 봄. 사월이었고, 아마도 생일 즈음이었다고 기억하는데(선물처럼 느껴졌기 때문일까요), 손바닥보다도 작은 몸집에, 무게를 잘 느낄 수 없어서 아주 가볍고 보송한 털뭉치 같았습니다. 하필이면 비가 많이 와서, 손잡이 달린 작은 박스에 담겨 있는 새끼 고양이와 온갖 사료, 모래 같은 것들을 양손에 나누어 쥐고, 그것을 또 젖지 않도록 우산까지 씌워 집으로 돌아와야 했죠. 기운이 다 빠져서 손이 후들거렸던 그런 기억들이, 새삼스럽네요. 태어나 처음으로 투고해본 문예지 편집부로부터 신인상 당선 통보 전화를 받은 게 오월 초니까, 정확히 말하

면 고래와 만나고 정말 얼마 지나지 않아서 소설가가 됐습니다. 물론 스스로 소설가라고 자각하게 되기까진 꽤 시간이 걸렸습니다만…… 시간으로만 따지자면 고래의 나이와 등단해 소설을 쓰고 있는 시간이 동일한 셈입니다. 고래의 나이 열 살, 소설가로서 살아온 나의 시간도 어느덧 십 년. 고래와 살아온 시간은 오롯이 소설을 써온 삶과도 같습니다. 까마득하다고, 불쑥 생각하게 되는군요.

소설을 쓰며 살고 있기 때문에 다른 사람보다 집에 머무는 시간이 길고, 그래서 고양이와 지내는 시간이 많겠다고 여기실 수도 있겠습니다만, 뭐 그렇죠, 집에 있는 시간이 많긴 한데요…… 고양이라서, 사실 그런 것 따위는 고양이에게 별로 의미가 없죠. 같이 사는 사람이 외출하지 않고 온종일 집 안에 붙박여 있다 해도 고양이는 고양이만의 시간을 가집니다. 이건 사실 고양이의 세계에서는 당연한 얘기인데, 잘 모르는 사람들로선 쉽게 이해하지 못하기도 합니다. 대다수의 고양이들이 그렇지 않을까 하는데 고래는 먹고 자는 시간을 제외하면 거의 앉거나 선 채로 창밖을 내다보며 자주 명상에 잠깁니다. 햇볕 쬐는 것을 좋아하고, 낯선 타인들이 오가는 모습이나 새의 날갯짓 따위를 눈으로 좇고, 먼 데서 들려오는 자동차 소음에 수염을 떨거나 귀를 쫑긋거립니다. 새끼일 적부터 겁이 많아서 바깥으로는 절대 나가지 않고, 멀찍이 자리를 잡고 구경하는 걸 좋아하는 타입이죠. 나는 창틀 위에 꼼짝없이 머물며 삼십 분이고 한 시간이고 멍하니 공상하는 고래를 구경하는 걸 또 좋아합니다. 사람이든 동물이든, 상대가 좋아하는 걸 바라보는 게 좋죠. 좋아하니까요.

오래도록 마음을 나누고 지내오면서도 이놈의 고양이, 하고 미워졌던 때가 한 번도 없었던 걸 보면 고양이라는 종 자체의 매력에 대해 곱씹어보게 됩니다. 고래는 세모꼴의 귀와 새빨간 코, 매끈한 머리와 토실토실한 엉덩이, 날렵한 꼬리, 잿빛 줄무늬를 가졌는데요. 아, 중년의 아주머니가 되면서 더욱 도드라진, 말랑말랑한 뱃살을 나는 가장 좋아합니다. 참고로 고래의 배는 차가울 땐 흰색, 따뜻할 땐 분홍색으로 변하는데 웅크린 채 한잠 자고 일어나 뜨끈뜨끈해진 분홍 뱃살을 만질 때가 참 좋아요. 그럴 땐 눔시키, 이눔시키, 하며 고래를 만지고 껴안고 비벼대는 걸 멈출 수가 없죠. 아, 깊게 잠들었을 때의 고래는 무슨 꿈을 꾸는지 수염을 바르르 떨기도 하고, 옹알옹알 이를 갈기도 하는데요, 그럴 땐 암만 뱃살을 간지럽히고 머리를 쓰다듬어대도 깨어나지 않습니다. 양쪽으로 난 긴 수염을 바싹 당겨야 그제야 무거운 눈꺼풀을 들어올리죠. 세상에 정말 생생한 꿈이었어, 하는 표정을 지으면서요.

아실지 모르겠습니다. 고양이 수염은 '비브리새'라는 코털이 변형된 것이죠. 뿌리가 깊고 민감합니다. 기류에 약간의 변화만 생겨도 그것을 감지해내는, 한 올 한 올이 중요한 감각기관. 고양이의 수염이 앞으로 기울어져 있다면 기분이 좋은 것, 반대로 뒤로 한껏 젖혀져 있다면 긴장하거나 위협을 느낄 때라고 하던데, 나는 보통 고래의 뾰족하고 단단한 수염을 손으로 바짝 당겨주길 좋아합니다. 우리 고래 수염이 예쁘네, 말해주면서요. 고양이들은 손발톱도 그렇지만, 수염도 주기적으로 빠지는데요. 그런 경우가 흔하지는 않아서 바닥이나 방석에 놓인 고래의 희고 긴 수염을 발견할 때면 고래야, 수염 빠졌다, 하고 잘 놀립니다. 그것은 아주 길고 매끈해서 꼭 펜싱선수의 미니어처 칼 같기도 합니다. 언제였는지 잘 기억은 안 나지만 몇 년 전엔가, 고래의 수염을 손가락으로 쥐고 눈앞에서 장난감처럼 흔들었을 때 고래가 그걸 순식간에 낚아채곤 우적우적 먹어버려서 당황했던 기억이 있습니다. 너 따위가 내 수염을 노리갯감으로 사용하는 걸 보니 굉장히 치욕스럽군, 어서 먹어치워버리겠어…… 라고 생각했던 걸까요. 그때 이후론 좀 미안해져서 빠진 수염을 발견한 날엔 고래야, 너 수염 빠졌다, 하고 말해주곤 재빨리 치웁니다. 고래는 여전히 그래? 언제 빠졌지, 내놔 봐, 하는 눈빛으로 오종종 달려오지만요. 어쩐지 고래가 제 수염을 씹어 삼켜버리는 걸 또 보고 싶진 않아서 말이죠.

고래는 밥그릇이 비어 있거나 화장실이 더럽다고 느끼면 야옹 야옹 몇 번 소리를 내기도 하지만, 그런 때를 제외하면 조용합니다. 잘 울거나 좀처럼 뛰어다니지도 않는, 매일 고요한 동물이죠. 대부분 가만히 있는 걸 좋아하고, 속이 궁금해질 정도로 새침하게 굴어요. 고래야, 왜 이렇게 귀여워, 하면서 내가 엉기면 도도하게 멀리 가버렸다가도 다른 데 집중하고 있다 싶으면 어느새 모르는 척 내 옆으로 다가와 식빵 자세로 앉아 있습니다. 아유, 얼마나 도도한지 몰라, 하고 고래의 안부를 물어오는 친구들에게 하소연하면서도 그래도 예쁘다구, 라고 꼭 덧붙여 팔불출 소리를 듣게 되는 것. 주위 사람들에게 고양이 집사들만이 흔히 받는 핀잔이랄까요.

어쩌다 보니 소설을 쓴 지 십 년이라고 거듭 의식하게 되는데, 글쎄요, 소설 쓰기와 고양이와 함께 사는 것에는 어떤 유의미한 연결고리가 있을까요. 단순하게 말하면 '힘들지만 정말 좋아' 정도가 되겠습니다만. 소설을 쓰는 일도, 고양이와 지내는 일도 어렵다고 생각하면 한없이 어렵죠. 소설을 쓴다는 건 혼자 하는 일이라서, 너무도 자주 긴 밤을 지새우며 쓸쓸함과 싸우기가 다반사입니다. 아무도 읽어주지 않아서 무한히 책장에 꽂혀만 있는 책이 된 것 같은 기분으로요. 소설가로 살아간다는 게 사실 그렇게 누구나 부러워할 만한 인생은 결코 아니죠. 무한히 명예롭거나 풍요롭지도 않

∧∧∧∧∧∧∧∧∧∧∧∧∧∧∧∧∧∧∧∧∧∧∧∧∧

고요. 매일같이 적합한 언어와 충만한 서사를 찾아 헤매고, 가난해지려는 정신과 다투는 삶. 이것이 의미 없는 행위가 아니라고 거듭 확신하며 나아가야 하는 삶. 그리하여 결국 오롯이 '자기의 것'이라고 할 만한 걸 갖게 되는 삶. 나는 그렇게 생각합니다. 그리고 나의 경우, 고양이와 사는 것과 소설을 쓰는 일이 그다지 다르지 않다고도 여기게 됩니다.

고래와 함께 살면서 나와 다른 생명체에 관심을 갖게 되는 자신을 발견하는데 이것은 누군가를 사랑하는 자신을, 나도 몰랐던 나와 대면하는 일입니다. 가령 나는 고래가 어떤 방석을 유난히 좋아하는지, 어떤 촉감의 이불 위에서 잠들길 원하는지, 어느 때에 추위를 느끼고 또 어느 때 평온함을 느끼는지 주의 깊게 관찰하고 기억합니다. 이렇게 해주면 좋아했지, 좋아할 때의 표정이 이랬지, 매 순간 잊지 않고 혼자 즐거워하죠. 오늘 쓰다듬는 고래의 작고 부드러운 머리통…… 내일 만져봐도 어김없이 통통할 고래의 뱃살…… 이런 즐거움을 오래 지속시키고 싶은 마음이 사랑이라면, 그래 뭐 사랑이란 그리 어려운 게 아닐지도 모르겠다고 가끔은 생각합니다. 상대가 가진 모든 걸 바라봐주고 기억해주고 기다려주고 그 모든 걸 떠올리며 즐거워하는 것. 어쩌면 사랑이란 그처럼 단순한 거라고 고래는 매 순간 내게 가르쳐줍니다.

때때로 마감에 쫓겨 정신을 못 차리는 날엔 고래가 소설 좀 써주었으면, 할 때가 있는데요. 내가 집에 없으면 심심풀이로 책 좀 읽는 건 아니니, 솔직하게 말해봐, 너 한국말 할 줄 알지, 하고 닦달하기도 하죠. 애 또 이런다, 란 표정으로 고래는 능숙하게 제 품을 빠져나가지만요. 앞에서도 말했지만 고래와 함께 살아온 시간이 곧 소설을 써온 삶의 길이와 같기 때문에, 이따금 고래를 바라보며 소설 쓰기에 대해 생각해보기도 합니다. 소설을 쓴다는 것, 소설을 쓰며 살아간다는 것에 대해서.

"도대체 인간이란 어떤 존재이겠습니까?"라고, 수전 손택이 《타인의 고통》에서 했던 말을 나는 이따금 '도대체 소설 쓰는 인간이란 어떤 존재이겠습니까?'로 바꿔서 곱씹어보기도 합니다. 물론 손택의 문장은 "우리 아닌 다른 사람이나 우리의 문제 아닌 다른 문제에 감응할 능력이 없다면, 도대체 인간이란 어떤 존재이겠습니까?"라고 묻고 있는 것입니다만…… 여기에 '소설 쓰는' 인간이라고 대입한다 해도 달라질 게 없다고 생각합니다. 소설을 쓰거나 쓰지 않거나 모든 인간은 타인의 문제에 감응해야 하는 것이죠. 감응한다는 건 어떤 느낌을 받아 마음이 따라 움직이는 것을 의미합니다. 맞는 말이라고, 옳은 말이라고 고개를 주억거리게 됩니다. 내가 장대비 쏟아지는 어느 날 나도 모르는 느낌에 휩싸여 새끼 고양이 한 마리를 집으로 데려온 것과 마찬가지로, 소설을 쓰는 일도 '나'라는 울타리 바깥에 존재하는 타인의 문제에 마음이 움직여나가는 행위로 보는 편이 적절할 겁니다. 말없이, 울음 없이 내 곁을 지키는 고양이의 머리를 한 번씩 쓰다듬는 것과는 전혀 다른 수위의 성질일지도 모르죠. 그러나 분명한 건 고양이와 함께 사는 일도, 소설을 쓰며 살아가는 일도, '마음을 쓰는 일'이라는 것입니다. 바라보고, 애정을 주고, 교감해서 마음이 따라 움직이는 일이죠. 고양이든 소설이든, 모든 인간의 행위는 타인의 문제에 감응하는 걸 바탕으로 하니까요. 고양이의 문제도, 사람이 더불어 살아가는 이 사회, 이 세계의 문제도 감응하지 않는다면 사랑할 수 없는 게 아닌가, 그렇게 생각합니다.

문득 기억나는 장면이 있습니다. 올해 초, 겨울에 여행을 시작해 마지막으로 파리에 도착하니 봄이 되었더군요. 그래도 날씨는 쉬이 풀리지 않아서 춥기도, 비가 쏟아지거나 눈보라가 몰아치기도 했었고, 무엇보다 여독에 지쳐 있던 터였습니다. 어느 날엔가는 오르세 미술관을 구경하고 나와 버스를 타고 여행객들 사이에선 꽤 유명하다는 '메르시' 상점에 갔었죠. 기대감을 품고서 빗줄기를 뚫고 간 건데 도착해보니 막상 살 것도, 볼 것도 없어서 카페에나

들어가 좀 쉬려고 했는데요. 자리를 잡고 앉아 음료와 먹을 것을 주문하니 남자 직원이 서빙을 해주는데, 하얀 셔츠를 걷어올린 그의 팔에 너무도 선명히 새겨진 문신이 눈에 들어왔습니다. 영어나 불어도 아니고, 무려 한자로 '特別'이라고 써져 있었던 겁니다. '특별'이라니. 무엇이, 어느 날의 무엇이 그로 하여금 제 피부에 그런 글자를 새겨넣게 했던 걸까요. 그가 의미 그대로 특별한 사람이 되고 싶었던 것인지, 아니면 특별한 무언가를 간직하기 위해서였는지는 모르겠지만, 나는 여행을 마치고 돌아와서도 가끔씩 그 어려 보이던 프랑스 청년의 팔에 새겨진 글자를 떠올리곤 합니다. 흰 피부에 각인된 짙은 파란색 글자를요. 더불어 나의 '특별'에 대해 멍하니 고민에 잠기는 때도 있었죠. 내가 지닌 나의 특별은 무엇일까, 또 특별해지기 위해서 나는 어떻게 살아가야 할까, 하고 말입니다. 결과적으로 명확한 답을 내리지는 못했지만, 그래도 살면서 나의 '특별'에 대해 고심하는 것은 유의미한 일이라고 생각하게 됐습니다. 자기 자신의 특별함을 찾아가기 위해 분투하는 인생이라면 그건 그것대로 나쁘지 않겠구나, 싶었으니까요.

누군가는 말을 바꿔서 다시금 내게 질문할지도 모르죠. "도대체 고양이와 함께 살아가는 인간이란 어떤 존재이겠습니까?"라고 말입니다. 고양이를 좋아하는 인간, 그래서 고양이와 함께 살아가며 매일 소설을 쓰는 삶. 어쩌면 그것이 지독히도 평범하다면 평범할 나의 인생에 조금쯤은 '특별'한 무엇이 되어주고 있는지도 모르겠습니다. 집에 돌아가면 나 왔어, 하고 눈 맞춰 인사할 수 있는 고양이가, 현관 앞에서 네발을 모으고 앉아 간절히 날 기다렸던 게 분명한데도 막상 들어오면 뭐 그렇게 기다리진 않았어, 라는 투로 도도히 제자리를 찾아가는 고양이의 존재가 나에겐 너무나도 고맙고 따뜻한 기운 같은 것으로 작용하니까요. 일상을 채워주는 온기랄까……. 힘들지만 정말 좋으니까, 그래 그러니까 조금 더 기운을 내서 소설을 쓰며 살자, 하고 생각하게 됩니다. 마음을 쓰듯이.

마음을 쓰는 일

염승숙

125

신비를 위하여 ⨯⨯⨯⨯⨯⨯⨯⨯⨯⨯ 이민하

XXXX

시인. 2000년 《현대시》로 등단했으며,
시집으로 《환상수족》《음악처럼 스캔들처럼》《모조 숲》《세상의 모든 비밀》이 있다.

우리는 꼬리를 문다. 서로의 꼬리를 잡으며 우리는 논다. 자신의 꼬리를 잡으며 우리는 돈다. 이야기는 꼬리에서 시작됩니다. 당신의 꼬리도 보여줄래?

— 시 〈그루밍 패밀리〉● 에서

계절이 또 바뀌었다. 이제 나는 지워졌을지 모른다. 하지만 녀석은 늘 내 곁에 있다. *안녕? 기분은 좀 어때요?* 컴퓨터를 켜고 하루를 시작할 때마다 녀석이 속삭인다. 모니터에 빛이 들어오면 녀석이 다소곳이 앉아 있는 오래된 화단에도, 애정이 가득 담긴 녀석의 눈에도 환한 봄볕이 출렁이는 것이다. 누군가 빛을 밝혀주기 전까지 어둠 속에 웅크리고 있었다는 듯이.

신비는 아직 살아 있을까. 다섯 해의 생을 살아냈으니 기껏 삼 년 안팎을 살다 가는 길고양이 수명치고는 어쩌면 장수한 셈이다.

● 《세상의 모든 비밀》, 이민하, 문학과지성사, 2015

그렇다 해도 서울 강남의 신사동이라는 요란한 골목의 불야성과 이웃이라는 익명의 위협과 위험 속에서도 당당하게 활보하며 고양이로서의 본성과 존엄을 잃지 않고 '다산의 여왕'으로서 골목의 역사를 써내려온 녀석이 물거품처럼 사라졌을 거라고는 쉽사리 믿기 힘들다. 그도 그럴 것이 일곱 살을 훌쩍 넘긴 노신사 단테는 여전히 건재한 모습으로 이사를 앞둔 나의 마지막 걸음을 배웅하지 않았던가. 지난해 가을 집을 비워달라는 건물주의 통보 이후 끈질긴 압박에 시달리면서도 내가 이사를 미루며 봄날까지 버텼던 단 하나의 이유는 가뜩이나 겨울을 나기 힘든 길고양이들에게 급식마저 끊기면 안 된다는 생각 때문이었다. 내 집 창가에서 밥을 먹는 아이가 늘 열 마리 정도 되었다.

신비는 특유의 직감으로 나와의 이별을 준비하고 있었을 것이다. 내가 이사하기 한 달 전, 발길을 뚝 끊어버린 것이다. 새끼들을 낳을 때마다 내게 데려와 보모 노릇을 시키던 녀석이었다. 창가에서 젖을 물렸고 때가 되면 제 영역을 물려주고는 홀연히 사라져 어미 고양이의 본분을 지키다가도 어느새 찾아와 내 곁에 머물곤 했었다. 새끼들에게 들킬세라 골목 밖을 떠돌면서도 내가 편의점에라도 갈라치면 어디선가 나타나 동행을 했다.

그런 녀석에게 나의 이사 말고도 이별을 준비할 만한 이유는 또 있었다. 지난겨울 급격히 쇠약해지면서 나의 손길이 간절했는지 제 새끼와의 맞대면을 감수하면서까지 창가에 눌러앉은 녀석이 두어 달 만에 돌연 자취를 감춘 데에는 그런 심산이 있을 터였다. 어렵게 구해온 약물 치료에도 잠깐씩 주춤할 뿐 완치는 불가능했던 것인데, 그걸 모를 리 없는 녀석이 임박해오는 마지막 순간의 모습을 내 눈에 새겨넣고 싶지는 않았을 것이다. 녀석은 누구보다 속이 깊었고 우리는 서로를 잘 읽었으니까. 그것은 생물학적 구분이나 언어의 한계와는 무관했다.

나는 그 힘과 인연에 묶여서 신비의 사라짐을 상상조차 할 수 없는지도 모른다. 그러니 신비야, 안녕? 나 때문에 너는 죽지도 못하는구나. 신비는 대답 대신 바탕화면에서 빤히 바라본다. 녀석은 늘 그랬었지. 예쁜 목소리로 인사를 건네며 내가 얼굴을 내밀기 전에는 밥상에 입을 대지도 않았지.

쿠킹 포일이 왁자지껄 지붕을 덮어도 우리의 관계는 멈추지 않습니다. 누군가 우리의 피를 섞고 나누는 동안 우리는 틈새를 개발합니다. 바람을 뺀 풍선처럼 근육을 줄입시다.

— 시 〈검은고양이소셜클럽〉●에서

●《모조 숲》, 이민하, 민음사, 2012

신비를 만난 건 2010년 봄날이었다. 그보다 앞서 일 년 전 나는 고작 큰길 하나를 사이에 두고 건너편으로 이사를 왔었다. 바로 그 날 밤 창가 화단에 사는 고양이 일가를 만났다. 형제들과 달리 먹지도 못하고 다리까지 절룩이던 막내녀석이 안쓰러워 고민 끝에 집으로 들였는데, 그 아이가 우리 집 고양이 4남매 중 맏이인 설탕 우주다. 설탕이와의 동거가 시작된 이후 길고양이들을 살피게 되면서 처음 친해진 건 록산 남매였다. 24시간 개방되는 창가 급식소와 길고양이 겨울집이 마련된 것도 그 덕분이었으니 어린 남매를 괴롭히는 녀석들을 내가 가만둘 리 없었다. 그런데 초겨울 오후 등장한 턱시도 녀석은 반응이 달랐다. 꼬리를 빼기는커녕 되레 애틋한 눈빛으로 다가오는 것이었다. 그 묘한 첫인상으로 나를 홀리더니 녀석은 어느 날 말을 하듯 길고 강렬한 울음을 남기고는 사라졌다. 그 순간 녀석이 임신했다는 직감이 든 건 정말 어이없었다. 녀석을 단 한 번도 암컷이라 생각한 적이 없었으니 말이다.

몇 개월이 지난 봄날 새벽. 오랜만에 외출했다가 돌아오는데 누가 부르기라도 한 것처럼 옆 건물 뒤편 주차장으로 나도 모르게 이끌렸다. 정말이지 기다렸다는 듯 담장 위에서 내려다보는 고양이가 있었는데 영영 떠나간 줄 알았던 바로 그 녀석이었다. 그것도 녀석과 판박이인 차돌멩이만 한 새끼 고양이와 함께였다. 반가워

할 겨를도 없이 나는 넋이 나간 듯 아기에게 시선을 뺏겼다. 주위엔 아무도 없었고 세상에 마치 우리 셋만 남은 것 같은 절대적인 결속감 속에서 유일하게 흐르는 달빛 아래의 이 광경은 신비롭다 못해 신성하고 경건한 분위기마저 자아냈다. 그 자리에서 지어진 아기의 이름이 '신비'다. 그동안 턱시도로만 불렸던 녀석에게도 '미사'라는 이름표를 달아줬다. 말 그대로 'missa'이기도 했고, '美事'이기도 했다.

나는 사람들 눈을 피해 음식물을 날라다주었다. 그런데 왜 신비만 데려온 것일까. 미사는 어쩌면 새끼들을 잃고 부랴부랴 짐을 꾸렸을지 모른다. 기억을 더듬어 안전한 곳을 물색했을 것이다. 내 집 근처라면 적어도 끼니 걱정은 없었다. 녀석의 판단에 힘을 실어준 건 남다른 교감 능력이었을 것이다. 미사는 살갑게 수다 떠는 법을 알았고 호젓한 산책길을 따라나서곤 했다. 하루는 은신처 환경이 달라지면서 녀석들이 보이지 않았는데 골목을 찾아 헤맨 끝에 겨우 만난 미사는 울기만 했다. 제 딴에는 주절주절 설명을 하는 것이겠지만 도통 알아듣지를 못하는 내가 답답했는지, 녀석은 아예 앞장을 서서 나를 끌고 갔다. 주차장 담장 너머 아래쪽 깊숙이 잡풀더미가 우거진 곳이 새로운 은신처였다. 내가 접근할 수는 없었지만 창가 급식소를 오가는 미사에게는 요리조리 담장만 넘으면 되었다.

　드디어 여름날 오후. 아기 고양이 울음소리가 꿈결처럼 들려왔다. 고양이 모녀가 함께 창가를 방문한 것이다. 신비는 엄마 손을 잡고 첫 소풍을 나온 어린아이처럼 마냥 신나 보였다. 훗날 자신도 제 어미처럼 아장거리는 새끼들을 데리고 이곳으로 올 운명이란 걸 녀석은 그때 알았을까. 나 역시 검은 고양이만 보면 가슴이 뛰는 운명을 피할 수 없게 되었듯이.

　기꺼이 목덜미를 핥아줄 준비가 돼 있습니다. 우리들의 식탐과 단잠을 위해 기억을 빌릴 줄 안다는 뜻입니다. 우리에게 필요한 건 믿음이 아니라 예의입니다. 다가갈 땐 뒤꿈치를 들어야 하듯이.

　　우리는 모두 서로의 베이비

　　　　　　　　　　　　　　　　　　　─ 시 〈검은고양이소셜클럽〉에서

애기들이 참 예뻐요. 키우시는 거예요?
아뇨, 길고양이들이라 밥만 주고 놀아주는 거예요.
사진 찍어도 돼요?
아직 어리니깐 나중에요. 아님 신경 쓰이지 않게 멀리서요.

집 앞에서 가끔 휴대폰을 들이대는 사람들과 마주쳤다. 젊은 여자들이나 어린 학생들은 대체로 길고양이에 대해 호의적이었다. 약자로서의 동류의식이랄까, 자연스럽게 피가 당기는 건지 천하장사 소시지라도 사와 던져주고서야 직성이 풀리는 눈치다. 그곳에서의 육 년 동안 옆집 밍키 엄마와 골목 입구의 편의점 아저씨와 먼저 말을 걸어온 옆 골목의 캣대디 외엔 알고 지낸 얼굴이 없었지만, 그나마 내 말수를 늘게 한 건 길고양이들이었다. 간간이 고양이들을 보러 오는 옆 빌라의 아가씨와는 골목의 고양이들에 관한 신상 정보까지 주고받는 사이가 되었다. 그렇다고 그런 은밀한 인맥이 골목의 평화를 보장해주는 건 아니었다.

맹목적인 반감과 혐오감에 대해서는 답이 없었지만, 근거 없는 항의나 부당한 일조차 눈감을 수는 없었다. 설득이 안 통하면 부탁이라도 했다. 창가와 화단 주변을 내가 직접 청소하면서도 건물을 관리하는 부동산과의 마찰을 주기적으로 겪어야 했고, 청소하시는 아주머니가 오가는 모퉁이에는 장문의 편지도 써붙였다. 얼굴을 마주하는 일이 자신 없었지만 그래도 먼저 웃으며 인사하는 내가 싫지는 않았는지 그녀는 마침내 볼멘소리를 그만두었다. 빗자루를 잠시 내려놓고 사적인 이야기까지 흘리게 되었을 때 청소하는 분이 또 바뀌었다.

진짜 공포스러운 이웃은 얼굴이 없었다. 나는 옆 빌라의 주차장 안쪽 보일러실에 갇혀 있는 새끼 고양이를 구한 적이 두 번이나 있다. 웬만한 장정들도 먹살잡이를 당한다는 맞은편 빌라의 주인 할아버지는 잊을 만하면 내 잠을 깨우곤 했는데 말도 안 되는 생트집과 목소리 크기만으로도 집에만 틀어박혀 있는 나까지 위협할 정도였다. 창가 급식소와 대각선 방향인 건물에는 나를 벼르고 있다는 중년 남자가 살았다. 밥 주는 모습이 목격되면 고양이들에게 테러를 하겠다는 그의 협박을 옆 골목의 캣대디로부터 전해들었을 땐 머리칼이 쭈뼛했다. 다행히도 그의 눈에 띄지는 않았지만, 길고양이들을 사각지대로 이끌거나 어두운 새벽에 어슬렁거릴 때면 나는 여지없이 한 마리의 길고양이였다.

말이 통하지 않아도 서로 이해하고 존중하고 공존할 수 있다는 것. 이건 내가 길고양이들에게서 얻은 상식이지만, 사람들은 말이라는 룰을 정해놓고도 자신의 어법만을 고집하는 틀 안에 갇혀 있었다. 말이 말을 잘라먹고 말이 말을 집어삼키는 거리. 길고양이를 따라다니다 보면 어느 날 문득 깨닫는다. 그럼에도 그들이 과묵함으로 지켜나가는 고귀한 사생활을. 그리고 선택받는 것이 아닌, 다가가는 사랑에 대하여. 아낌없는 삶에 대하여.

깨지 못할 잠에 이르면 낯설지 않도록

잠을 한 알씩 늘려갔다.

아홉 알을 복용한 날엔

턱뼈가 으스러지고 입이 찢어진 다음에야 잠이 들었다.

닭뼈를 입에 물거나 악을 쓰기 위해서가 아니다.

고양이가 입을 최대치로 벌리는 순간은

하품을 하기 위해서다.

그리고 키스.

입 안에서 꼬이는 두 개의 혀로

외국어를 배우는 연애의 시간.

엄마가 생선을 발라주듯 새들을 죽죽 찢어주는

고양이의 눈빛을 경청하는 것.

— 시 〈그루밍 패밀리〉에서

쥐며 새며 선물을 가져온 녀석들이 있었다. 두 번은 신기하게도 내 생일을 이틀 앞둔 새벽이었는데, 록산과 미호였다. 둘 다 암고양이여서 선물은 주로 암컷 담당인가 보다 했었다. 예상을 깬 건 지난해 봄, 수고양이 마루치였다. 게다가 녀석은 생일을 한 달 지난 것이 미안했는지, 아니면 내 반응이 기대에 못 미쳤거나 내 식성이 까다롭다고 여겼는지 네 종류의 음식 선물을 번갈아 가져오는 극진함을 보였다. 마지막 선물에 이르러 내가 공포감을 드러내지만 않았다면 녀석의 선물 공세는 계속됐을지도 모른다.

마루치는 어느 날 생김새와 성격까지 붕어빵처럼 닮은 새끼 고양이를 데려와 정성껏 돌보다가 창가 영역을 물려주었는데, 아라치라고 불렀던 그 녀석은 이사를 앞둔 내가 창문 여는 시간을 줄여가며 이별 연습을 해야 했을 정도로 방충창에 대고도 꾹꾹이를 하던 재롱둥이였다. 그리고 보면 마루치는 무슨 연유에서인지 몰라도 어미의 빈자리를 대신했던 것 같다. 육아며 사냥 학습을 주로 맡는 어미가 사람을 제 친구나 아기쯤으로 여겨서 쥐를 잡아다주기도 하는 거라는데 녀석의 선물 역시 그런 의미가 아니었을까.

그런데 희한한 것은, 나와의 애착이 유독 강했던 신비는 정작 내게 선물을 준 적이 없다는 점이다. 하다못해 캣대디가 준 닭가슴살을 물고 와 몰래 주던 녀석도 있었는데 말이다. 어쨌거나 고양이

마루치와 아라치

✕✕✕✕✕✕✕✕✕✕✕✕✕✕✕✕✕✕✕✕✕

신비와 아이들

가 주는 선물에 대해 사람이 할 수 있는 감사의 표현은 단 하나다. *마음만 받을게.* 선물의 의미를 알기에 뛸 듯이 설레고 감동하면서도 막상 눈앞에 개봉되고 나면 얼마나 소스라치게 놀라고 곤혹스러워지는지 신비는 정말 사람의 마음을 꿰뚫고 있었던 것일까.

그런 신비가 내게 준 경험은 선물보다 더 특별한 것이었다. 어디선가 새끼 고양이 울음소리가 난다 싶어 달려나가면 어김없이 신비의 아이들이었다. 길고양이 특성상 생후 한 달 반의 수유기만 지나면 새끼들을 서둘러 독립시킨다고는 하지만, 이제 막 아장아장 걷기 시작한 젖도 안 뗀 녀석들이었다. 창가에 누워 아기들에게 젖을 먹이는 신비의 모습은 그 어느 때보다도 편안해 보였고 자애로움이 넘쳐 보였다. 내가 습식 캔이나 물에 불린 사료를 이유식으로 내놓으면 신비는 먼저 시식을 한 다음, 아기들에게 냄새를 맡게 하고는 귓속말을 한다. *이런 건 먹어도 돼.* 엄마의 밥상까지 넘보던 녀석들이 딱딱한 사료알도 오도독오도독 씹어대며 몰려다닐 즈음 신비는 훌쩍 자취를 감추고는 내가 보고 싶은 날에만 아이들 모르게 다녀갔다.

신비가 처음 아이들을 데려온 후 얼마 안 되었을 때였다. 인기척만 나면 숨어 있던 녀석들이 어쩌다 눈에 띄었는지, 청소하시는 아주머니가 락스 푼 물을 창가에 잔뜩 끼얹어 독한 냄새를 피우는 바람에 당황한 신비가 4남매를 끌고 허겁지겁 떠난 적이 있었다. 그러고는 새벽에 혼자 나타났길래 나는 너무 걱정도 되고 보고 싶기도 해서 아이들의 안부를 지겹게 물었다. 무슨 확신이 생겼는지 몇 시간 뒤 녀석은 아이들을 모두 데리고 다시 이사를 왔다.

비가 오던 어느 여름밤엔 이런 일도 있었다. 한동안 소식이 없던 신비가 불현듯 보고 싶어서 원고를 쓰다 말고 무작정 나갔는데 바로 집 앞에 와 있는 것이었다. 핼쑥해진 녀석에게 기다리라 하고는 간식부터 챙겨 나왔다. 그런데 겨우 한입 베어문 녀석이 할 말이 있는 듯 나를 보는 순간, 출산을 한 건 아닐까 하는 생각이 머리를 스쳤다. 시기적으로나 몸 상태로나 짐작도 못한 일이었다. *너, 애기 낳은 거야? 그럼 애기들은 어디 있는데?* 내가 다그치자 신비는 웅얼웅얼 따라오라며 골목의 맞은편 담장 위로 훌쩍 올라섰다. 뒤를 돌아보며 따라오는지 확인하면서 걷던 녀석은 막다른 지점에 이르러 엉거주춤 멈춰서 있는 나를 한참 내려다보더니 천천히 앞 골목으로 사라졌다. 잠시 후 녀석은 다시 돌아와 내가 준 간식을 입에 물고는 조금씩 날랐다. 그러더니 이틀 뒤 새벽녘 마침내 등장한 새끼 고양이는 네 마리였다. 형제의 등쌀에 기를 못 펴던 한 녀석은 그 후 자리를 옮겼고, 쌍둥이 턱시도 고양이 두 녀석과 젖소 무늬 녀석만 남았는데 나는 이들을 '몽상가들'이라 불렀다. 이름은 모카와 치노, 라떼였다.

앙증맞은 창가 화분도 우리처럼 털갈이를 한다고
노익장을 뽐내며 보스가 말했어요
녹색 머리털 화분이 하나 둘 늘어나는 건
사람들이 밤마다 외로움의 간격에 물을 주기 때문이래요
　　　　　　　　　　　— 시 〈고양이와 고양이들〉에서

　　창가의 몽상가들은 화단의 나무를 오르내리거나 건물 주변을 뛰어다니다가도 성에 안 차는지 골목을 휘젓고 돌아오곤 했다. 녀석들의 유난한 호기심과 자유분방함으로 인해 화단으로 구경 오는 사람들이 있었고, 옆집 아주머니는 강아지 밍키가 녀석들만 나타나면 너무 예뻐 정신을 못 차린다고 했다. 그러던 어느 가을날 돌연히 사라졌다가 며칠 후 하반신을 질질 끌며 돌아온 녀석이 모카였다. 다친 몸으로나마 안식처랍시고 찾아와준 것이 놀랍고 반가우면서도 눈앞이 아찔하고 깜깜했다. 잠 못 자고 지켜본 녀석은 심신의 안정을 찾은 듯했지만 뒷다리는 마비된 상태였다. 하지만 녀석에겐 예비된 인연이 있었던 것일까.

　　다음 날 화단 고양이들을 보러 온 지연 씨를 만나게 된 건 정말

•《세상의 모든 비밀》, 이민하, 문학과지성사, 2015

이지 천운이었다. 골목에서 미술 작업실을 꾸리고 있던 그녀에게 녀석의 사연을 얘기했다. 깊이 마음 써준 그녀 덕분에 모카는 위험천만한 길 위의 삶을 정리하고 아늑한 보금자리를 얻게 되었다. 그녀의 친구인 윤희 씨 부부가 귀농하여 살고 있는 경상도 상주였다. 고맙고 따뜻한 그곳에서 녀석은 '수길이'가로수길 근처에서 왔다는 의미란다 라는 새 이름을 얻어 여러 동물 친구들과 함께 편안하게 지내고 있다. 녀석과 헤어지기 전 이틀 밤을 라떼와 치노가 하루씩 부둥켜안고 자는 모습을 나처럼 목격했다면 아무리 고양이를 싫어하는 사람이라도 울컥했을 것이다. 해가 바뀌면서 치노는 창가를 떠났고, 라떼는 새 친구들과 어울리며 일 년 칠 개월여를 머물렀다.

신비는 한 아이만 데려온 적도 있었다. 그럴 때면 형제가 다 죽은 건가 싶어 애처로운 마음에 신경을 더 쓰곤 했는데, 우리 집 고양이 4남매 중 둘째와 셋째가 바로 그 녀석들이다. 폭우가 쏟아지던 여름 새벽, 그날따라 비를 피하지도 않고 창 너머로 뚫어지게 나만 보며 울어대는 바람에 집으로 들인 둘째 아들이 우리 집에서 유일하게 꾹꾹이를 하는 애교쟁이 밀루다. 그 후 첫눈이 오던 날, 하얗게 덮인 화단 위에서 옴짝달싹 못하고 떨고만 있다가 식구가 된 아기 고양이 삐삐는 끼와 재능이 넘치고 암벽 등반이 취미인 말괄량이 아가씨가 되었다. 무릎냥이 오빠들 때문에 내 품을 일찍이

벗어났는데, 두 달 전에는 길에서 구조해 데려온 아기 고양이 은토에게 막내 자리마저 넘겨주었다. 신비는 공평하게도 삐삐에게는 청아한 목소리와 앙증맞은 턱시도 옷을, 밀루에게는 그윽한 눈빛과 다정다감한 성격을 물려주었다.

당신은 놀라지 말아요
바람에 불쑥 솟구치는 비닐봉지를 보았다고 느끼는 그 순간이
우리가 그림자로 움직인 순간입니다

— 시 〈고양이와 고양이들〉에서

어느 날 문득 길 위에서 나는 또 신비를 만날 것이다. 산책로의 가로등마다 멈춰서며 따라오던 신비는 모퉁이를 느리게 도는 나를 앞질러 밤늦은 거리의 정류장에 서 있는 당신 곁을 무심히 스칠 것이다. 늙고 야위고 조금은 지쳐 보일 것이다. 그러나 여전히 멋진 턱시도를 걸쳐입은 채, 당당하고 우아한 걸음걸이는 품위를 잃지 않는다. 마지막 버스를 기다리던 당신은 무릎 아래를 지나가는 신비를 알아보지 못할 수도 있다. 유령처럼 떠 있는 고층 건물들 사이에 꽂혀 있던 시선이 힘없이 바닥으로 떨어질 때 비로소 당신은 신비에게 다가가 물 한 잔을 건네고 싶어질지도 모른다. 신비야.

가만히 부르면 녀석은 힐끔 뒤돌아보며 넌지시 눈을 맞추고는 다시 걸음을 재촉할 것이다. 뼛속까지 추운 계절이거나 단둘이 남은 거리에서라면 신비가 당신을 따라오거나 당신이 무작정 신비의 뒤를 밟을지도 모른다.

신비는 익숙한 길도 늘 낯설게 떠도는 수많은 길고양이들 중 하나였다. 인적이 드문 길 위에서, 혹은 어둠의 구석에서 쪼그리고 앉아 누군가의 등을 한 번이라도 쓸어준 적이 있는 당신이라면 낡고 비릿한 손에서 신비의 냄새가 날 것이다. 그 냄새가 불현듯 코끝을 스치는 밤. 신비야. 나직이 읊조리며 손가락을 가늘게 뻗으면 얇은 막 하나가 어렴풋이 닿을 것이다. 당신의 그림자가 바스락거리며 구겨진다. 신비의 베일이다.

신비는 아직 살아 있을까. 나는 지금 이 글을 스치는 사람들에게 신비를 퍼뜨리고 있다. 전단지처럼 그림자를 나눠주고 있다. 당신이 허공을 향해 팔을 좀 더 뻗는다면 신비의 그림자는 좀 더 길어질 것이다. 구름이 무거운 날이라면 신비는 높이 솟구쳤다가 흩어지는 수만 개의 발톱으로 우리들 머리 위에 사뿐히 내려앉을 것이다. 오늘 내리는 빗줄기는 그래서 좀 더 부드럽고 따뜻하고 사랑스러울 것이다. 그 가녀린 비가 오래 머물 수 있도록 우리의 밤은 좀 더 길어질 것이다. 나의 신비를 위하여. 당신의 신비를 위하여.

고양이의 보은   ○○○○○○○○○○   손보미

○○○○○

소설가. 1980년 서울 출생. 2009년《21세기문학》신인상에 단편소설〈침묵〉이,
2011년《동아일보》신춘문예에 단편소설〈담요〉가 당선되어 등단했다.
소설집으로《그들에게 린디합을》이 있으며, 젊은작가상 대상,
한국일보문학상, 김준성문학상을 수상했다.

출판사로부터 고양이에 대한 글을 써달라 요청 받았을 때, 나는 이 청탁을 거절했다. 여기에는 여러 가지 복합적인 이유가 있었지만, 그중 가장 결정적이었던 건 내가 이미 고양이에 대한 글을 두 번이나 쓴 적이 있다는 점이었다. 나는 그 두 편의 글을 통해 내 자신이 고양이에 대해 하고 싶은 말은 다 했다고, 더이상 남아 있는 게 없다고 생각하고 있었다. 고양이에 대한 첫 번째 글은 2013년 봄에 쓴 것으로, '고양이의 보은'이라는 제목의 자전소설이다(이 제목은 모리타 히로유키 감독의 근사한 애니메이션 제목을 차용한 것이다). '눈물의 씨앗'이라는 부제가 달려 있는 이 소설은 애꾸눈 '눈이'라는 삼색 고양이가 자신을 구해준 적이 있는 '보미 아가씨'를 돕기 위해 저쪽 세계로 넘어가서, '눈물의 씨앗'을 공유하는 S라는 소설가를 소환해온다는, 정말이지 얼토당토않은 내용을 담고 있다. 하지만 나는 이 소설을 좋아해서 누군가 나를 "〈고양이의 보은〉의 작가"라고 불러주면 좋을 것 같다는 생각을 자주 했고, 실제로 그런 일이 일어났을 때 굉장히 기뻐했던 기억이 난다.

고양이에 대한 두 번째 글은 작년, 그러니까 2014년에 쓴 산문으로 한국작가회의 창립 40주년을 기념해서 출간된 앤솔러지에 실려 있다. 이 글의 제목 역시 '고양이의 보은'이다(하지만 여기에는 부제가 달려 있지 않다). 원래 쓰도록 요청받은 주제는 "나는 왜 쓰는가"였는데 엉뚱하게도 나는 여기에다가 〈고양이의 보은―눈물의 씨앗〉을 썼던 경험을 구구절절 늘어놓았다. 똑같은 제목이지만, 나는 이 글을 2013년에 쓴 〈고양이의 보은〉만큼 좋아하지는 않는다. 아니, 더 정확하게 말하자면 나는 이 글을 아주 싫어한다. 여기에도 여러 가지 복합적인 이유가 있었지만, 어쨌든 나는 이 글이 실패했다는 생각을 오랫동안 떨치기 힘들었고, 아주 진지하게는 아니었지만 종종 왜 이 글이 실패했는지에 대해 생각해보곤 했다. 그리고 나는 결국 한 가지 결론을 얻었다. 요컨대 나는 그 글을 쓰는 내내 "왜 쓰는가"에 대한 답을 찾으려고 애썼지만 결국 그 답을 찾지 못했다고, 답을 찾지 못한 상태에서 글을 완성해야 했기 때문에 알맹이가 없는 글이 되어버렸다고 말이다. 좀 더 심하게 나를 질책하고 싶을 때는 이런 식으로도 생각했다. '그 글은 한 톨의 진실도 담고 있지 못하다'고.

며칠 전에 나는 이런저런 이유로 2014년에 쓴 〈고양이의 보은〉을 다시 읽어보게 되었다. 이때 나는 조금 이상한 기분에 사로잡혔는데, 그건 이 글이 실패한 이유가 내가 내린 결론과 어쩌면 정반대 방향에 있을지도 모른다는 생각을 처음으로 하게 되었기 때문이다.

나는 그 소설을 쓰는 동안 눈이를 나의 고양이로 만들고, 그리고 그 이야기를 통해 눈이의 삶과 죽음을 내 것으로 만들고 싶어했던 것 같다. (⋯) 하지만 정말 이상한 일이 일어났다. 그 소설을 다 쓰고 얼마간 시간이 흘렀을 때, 나는 거꾸로 눈이가 나의 고양이가 아니라는 사실을 절감하게 된 것이다. (⋯) 내가 눈이에게 밥을 주고, 눈이를 보살펴주고 병원에 데려간 적이 있다고 하더라도, (⋯) 그것과 상관없이 눈이의 죽음은 그저 눈이의 죽음이었다. 그리고 같은 의미에서 눈이의 삶은 눈이의 삶이었다. 나는 그제야(소설을 다 쓰고 난 후에야) 눈이의 삶과 죽음을 온전히 눈이에게 돌려줄 수 있었다.

나는 이 구절을 다시 읽으면서 내가 두 편의 〈고양이의 보은〉에서 정말로 쓰고 싶었던 것이 무엇인지에 대해 한 번 더 생각해보게 되었다(두 편의 〈고양이의 보은〉에 이미 나오는 내용이지만). '눈이'는 내가 몇 년 전에 밥을 챙겨주던 길고양이의 이름—내가 붙여준—이다. 내

가 길고양이에게 사료를 챙겨준 것은 그때가 처음이었다. 그 전까지 나는 동물을 그렇게 좋아하는 사람이 아니었다. 좋아하지 않는다, 라는 표현은 좀 과격한 것 같고 별로 관심이 없었다 정도가 더 정확한 것 같다. 나는 그들에게 별로 관심이 없었다. 하지만 눈이를 만난 후 나는 어떤 것들에 대해 생각해볼 수 있게 되었다. 그러니까 그 전까지는 함께 살아간다는 생각조차 못했던 존재들에 대해서 생각해보게 되었다. 정말 이상한 일 중 하나는, 눈이를 만난 후에 내가 어디를 가나 길고양이들을 '볼' 수 있었다는 사실이다. 주차된 차 아래에, 건물과 건물 사이의 작은 틈 사이에, 아파트 화단에 있는 작은 구멍 속에, 쓰레기봉투 사이에 길고양이들이 있었다. 세상에는 너무나 많은 길고양이들이 살고 있었던 것이다. 어떻게 나는 그 전에는 그 많은 길고양이들을 한 번도, 단 한 번도 볼 수 없었던 것일까? 어떻게 그럴 수가 있었을까? 눈이를 만남으로써 나는 내가 얼마나 형편없는 인간인지 알게 되었다. 눈이를 만남으로써 나는 그 전에는 추상적으로만 생각했던 어떤 존재들에 대해서 '진짜로' 생각해볼 기회를 가지게 되었다. 함께 여기 이 세계에서 살아가고 있지만, 그 전에는 내가 잘 볼 수 없었던 존재들에 대해 생각해볼 수 있었다. 그들이 겪을 구체적이고도 물리적인 여름의 무더위와 겨울의 추위를 떠올린 적이 단 한 번이라도 있다면,

고양이의 보은

손보미

155

내가 그 전에는 보지 못했던 누군가의 땀과 눈물에 대해 생각하게 되었다면, 그 전에는 흘려버렸을 누군가의 죽음에 대해 생각하게 되었다면 그건 아마도 눈이 덕분일 것이다.

처음 만났을 때, 눈이는 새끼 고양이 네 마리의 어미였고, 그리고 시간이 흐른 후에 그 새끼 고양이들—물론 그 시점에서는 더 이상 '새끼' 고양이가 아니었지만—은 모두 다 어디론가 사라져버리고 말았다. 여러 가지 일들이 있었고, 한동안 눈이는 혼자 나타났다. 그리고 나타나지 않는 기간이 길어졌고, 어느 날부터는 아예 나타나지 않았다. 그해 겨울이 지났을 때, 나는 아주 자연스럽게 눈이가 죽었을 거라고 생각했다. 눈이의 죽음을 내 눈으로 직접 목격한 것은 아니다. 언젠가 나는 고양이들은 죽을 때가 되면 아무도 보지 못하는 곳에 가서 죽음을 맞이한다는 이야기를 들은 적이 있다. 이 이야기가 얼마나 사실에 기반하고 있는 것인지는 모르겠지만, 나는 이 이야기를 철석같이 믿었다. 그도 그럴 것이 나는 한 번도 죽은 길고양이를 본 적이 없기 때문이다(로드킬 역시 단 한 번도 본 적이 없는데, 이게 정말 운이 좋은 일에 속한다는 것을 나중에 알게 되었다). 더 이상 눈이가 나타나지 않고 그해 겨울이 지났을 때, 어느 날 문득 내 머릿속에는 어두운 밤, 아무도 없는 골목을 눈이가 걸어가는 장면이 떠올랐다. 나는 눈이가 죽음을 맞기 위해 아무도 자신을 찾을 수 없는 곳으로 사라졌으리라고 생각했다. 눈이는 내가 만났을 때 이미 사오 년을 길에서 살아낸 고양이였다. 길고양이로서는 무척이나 오래 산 것이었다. 아마 (마음 아프지만) '장수'라는 표현을 쓸 수도 있을 정도였다.

눈이 이후에도 눈이보다 훨씬 더 오랫동안 밥을 챙겨준 길고양이도 있다. 노란색 코리안쇼트헤어 코숏였다. 나는 눈이 때 그랬던 것처럼 아침에 집에서 나올 때 고양이 사료를 챙겨 나와 일을 마치고 집에 들어갈 때 정해진 장소에 들러서 사료와 물을 두곤 했다. 코숏은 어딘가에 숨어 있다가 그릇에 사료가 떨어지는 소리가 들리면 나타나서 사료를 먹었다. 물론 그러지 않는 날도 있었다. 코숏의 모습이 보이지 않아도 나는 별로 실망하지 않았다. 그냥 사료와 물을 두고 집으로 돌아갔다. 다음 날 밤에 다시 그곳에 가보면 사료 그릇이 비워져 있었다. 나는 코숏에게 이름을 붙여주지 않았다. 뭐라고 불렀지? 아마도 그냥 야옹아, 라고 불렀던 것 같다. 내가 사정이 생겨서 그 동네를 떠나기 전까지도 나는 코숏에게 이름을 지어주지 않았다.

눈이에게 사료를 챙겨주던 내내 눈이는 내게 한 번도 친근하게

군 적이 없다. 새끼 고양이들이 있었을 때는 어미의 본능이라고 생각하며 그러려니 했지만, 새끼들이 없어진 이후에도 눈이는 여전히 내게 쌀쌀맞았다. 눈이는 내가 주는 사료는 먹지만 나와 친해지고 싶어하지는 않는 길고양이였다. 이런 일도 있었다. 눈이가 아파서 병원에 데려가야 했을 때 나는 포획틀을 가져다가 그 안에 먹이를 두고 눈이를 기다렸는데 지나가던 아주머니가 내게 뭐하고 있느냐고 물었다. 나는 약간 우물쭈물하며 여기 사는 길고양이가요……, 라고 운을 뗐는데, 그 아주머니가 대번에 아, 그 삼색 고양이? 하며 어떤 이름을 댔다. 예쁘던가, 뭐 그런 이름이었다. 나는 그 아주머니가 말하는 그 예쁘던가 하는 고양이가 바로 눈이라는 것을 알아챘다. 나는 눈이에게는 예쁘던가 하는 이름 말고도 두세 개의 이름이 더 있으리라고 생각했다. 그러니까 눈이는 내가 지어준 이름 말고도 다른 이름을 여러 개 가지고 있었던 것이다. 눈이는 수술을 받고 다시 방사되었다. 그사이에도 여러 가지 일이 있었다. 그렇지만 그 후에도 눈이는 그다지 나를 특별하게 생각하지 않는 것 같았다. 그래도 아마 나는 이런 식으로 생각했던 것 같다. 어쨌거나 눈이는 나의 고양이라고. 우리가 나눈 것이 많이 있다고. 그러니까 만약 눈이에게 무슨 일이 생긴다면 내게만은 어떤 신호를 보낼 것이라고. 하지만 그건 완전한 착각이었다. 눈이는 내게

아무런 신호도 주지 않았다. 눈이는 그냥 아무 말도 없이 죽어버렸다. 나는…… 아마도 배신감을 느꼈던 것 같다. 어째서 그렇게 죽어버린 거지? 라고 생각했다. 눈이는 아무도 자신을 찾지 못할 곳으로 사라지면서 마지막으로 무슨 생각을 했을까? 내가 정말로 원하는 것은 눈이의 죽음을 이해하는 것이었다. 나는 눈이의 죽음을 이해함으로써 눈이의 삶을 이해하고 싶었다. 하지만 지금 이 글을 쓰면서 알게 된 점은, 내가 이해하고 싶어했던 눈이의 '삶'이라는 건 '내가 포함된' 눈이의 삶을 의미한다는 사실이다. 나는 눈이의 죽음에 (내가 만들어낸) 이야기를 부여함으로써 눈이의 삶 속에 포함된 나의 자리를 (거짓으로라도) 확인하고 싶었던 것이다. 나는 눈이의 삶 속에 포함된 내 자신을 보고 싶었다. 그래서 나는 두 편의 〈고양이의 보은〉을 썼다. 자전소설에서 나는 눈이가 사실은 나를 아주 '특별하게' 생각했고 나를 사랑했다고, 그래서 나를 두고 떠나는 것을 무척 슬퍼했으리라고 썼다. 그 소설 안에서 눈이는 가로등 밑에 우아하게 앉아 있다. 거기에 앉아서 눈이는 나를 두고 떠나는 것을 걱정하고 있다. 그리고 두 번째 글은, 명백하게도 첫 번째 〈고양이의 보은〉을 쓴 마음을 변호하고 싶어서 쓴 것이다. 따지고 보면 두 번째 글이 첫 번째 글보다 훨씬 더 이기적인 마음에서 비롯된 것이다. 두 번째 글에서 나는 내 자신이 소설을 완성한 후에 눈이의 삶을 눈이의 것으로, 눈이의 죽음을 눈이의 것으로 돌려줄 수 있었다고 썼다. 하지만 이건 완전한 거짓말이다. 나는 오히려 이 글들을 통해 눈이의 삶과 죽음을 내 것으로 만들려고 애썼을 뿐이다. 나는 눈이의 '진짜' 삶과 죽음을 알지 못한다. 왜냐하면 나는 한 번도 눈이의 삶과 죽음을 '가졌던' 적이 없기 때문이다. 나는 한 번도 눈이의 삶과 죽음을 가진 적이 없다. 이렇게 써놓고 보니 참 이상한 일이라는 생각이 든다. 이토록 간단한 문장을, 왜 나는 '고양이의 보은'이라는 제목의 글을 두 번이나 쓰는 동안 한 번도 떠올리지 못했던 걸까? 나는 한 번도 눈이의 삶과 죽음을 가졌던 적이 없다. 내가 가져보지 못한 것을 어떻게 내가 되돌려줄 수 있단 말인가?

이런 생각을 해보았다. 만약 눈이가 내게 살갑게 굴고 나를 좋아해주고 나를 사랑해줬다면, 눈이가 '그런 식'으로 죽었더라도 나는 그다지 슬퍼하지 않았을 거라고. 아니, 물론 슬퍼하긴 했겠지만 '그런' 방식은 아니었을 거라고. 내가 눈이의 죽음에서 가장 마음 아팠던 부분은 눈이의 죽음 그 자체가 아니라 내가 '속하지 않은' 눈이의 죽음이었을 거라고. 그래서 나는 내 자신을 속인 거라고. 내 자신이 눈이의 삶과 죽음을 '가져본' 적이 있고, 이제 그걸 돌려줄

수 있으리라 믿으며 나는 두 번이나 〈고양이의 보은〉을 썼다. 그리고 세상에, 나는 지금 세 번째 〈고양이의 보은〉을 쓰고 있다.

　내가 두 편의 〈고양이의 보은〉에서 쓰지 않았던 것이 있다. 아마도 이게 내가 눈이를 본 마지막 날인 것 같다. 겨울이었다. 어느 날 밤 집에 가는 길에 나는 언제나처럼 눈이가 원래 밥을 먹던 장소에 들러서 사료를 두고 눈이를 기다렸다. 한참이 지나도 눈이가 나타나지 않았기 때문에 그 근처를 좀 더 돌아다니면서 눈이가 있을 만한 곳을 찾아보았다. 그리고 어느 건물 주차장에 세워진 차 밑에 앉아 있는 삼색 고양이 한 마리를 보았다. 가로등이 없어 주위는 깜깜했다. 나는 가방에서 안경을 꺼내 썼다. 그리고 다시 쭈그려 앉아서 차 밑을 보았다. 눈이였다. 나는 쭈그려 앉은 상태에서 더 몸을 숙이고 눈이와 눈을 맞추려고 노력했다. 눈이의 이름을 부르며 내게 와보라고 말을 걸었다. 눈이야, 이리 와봐. 왜 거기에 있어? 하지만 눈이는 그 안에서 나를 쳐다보기만 할 뿐 나올 생각을 하지 않았다. 아니, 이건 정확한 표현이 아니다. 눈이는 마치 낯선 이를 대하는 듯한 눈으로 나를 바라보기만 했다. 나중에, 그러니까 눈이가 죽고 난 후 몇 달이나 지난 어느 늦은 밤에 아파트 광장 입구에 들어서다가 나는 광장 중앙을 가로질러 가는 고양이 한 마리를 본 적이 있다. 혼자라고 생각했는지 고양이는 아주 느긋하게 광장 중앙을 살랑살랑 걷고 있었다. 그렇게 느긋하게 걷는 길고양이는 그 전에도, 그리고 그 후로도 본 적이 없다. 나는 걸음을 멈추고 그 고양이가 광장을 다 가로질러 갈 때까지 기다려주었다. 그리고 문득 눈이를 생각했다. 자동차 밑에서 나오지 않던 눈이.

지금 나는 (자의는 아니지만) 두 마리 고양이와 함께 살고 있다. 함께 살기 시작하면서 여러 가지 시행착오가 있었다. 처음에 침실에 들어오는 걸 금지시켰더니 밤새도록 방문을 다 긁어놓았다든지, 그 후에는 침실에 들어오는 걸 허락했더니 이불에 오줌을 싸놓아서 매트리스까지 다 닦아내게 만들었다든지, 밤에 갑자기 방바닥에 토를 해놓았다든지 하는 시행착오들.

나는 이 고양이들을 보면, 이 고양이들과 눈을 맞추고 있노라면 기분이 이상해진다. 침대 위에 누워서 창밖을 하염없이 바라보고 있는 고양이에게 다가가서, 쓸쓸해? 라고 말을 걸면 도리어 아무것도 모르겠다는 듯한 표정으로 나를 바라볼 때, 아침에 세상에서 가장 구슬픈 듯한 울음소리로 나를 깨워놓고 내가 왜 그래? 라고 물어보면 뚱한 표정으로 방바닥에 배를 깔고 앉아버리는 걸 볼 때, 내 팔에 머리를 비비적대서 몸을 만져주면 가만히 앉아 있다가 잠시 후 귀찮다는 듯이 슬그머니 사라져버릴 때, 화장실 앞 깔개 위에 하루 종일 누워 있는 고양이의 무심한 표정을 볼 때 나는 이런 생각을 한다. 내가 이 고양이들과 아무리 오래 산다고 하더라도 나는 이 고양이들을 절대 이해할 수 없겠구나, 라는 생각. 이 고양이들과 아무리 오래 산다고 해도 이 고양이들의 삶을 내가 가질 수는 없으리라는 생각. 아마도 이런 식으로, 그러니까 절대 이해할 수도 없고 서로를 절대 가질 수도 없는 방식으로 우리는 함께 살아가게 되리라는 생각이 든다. 눈이에게 내가 특별한 사람이었을까? 잘 모르겠다. 나는 눈이가 자신의 이름을 무엇으로 기억할지 궁금하기도 하지만, 아마 눈이에게 그런 것은 별로 중요하지 않았을 것이다. 눈이는 그저 도시의 길고양이로서 삶을 살았을 뿐이다. 그리고 눈이에게는 많은 이름이 있었다. 이 글을 쓰는 동안 나는 그 사실을 절감할 수 있었다.

사족이지만, 두 번째 글을 실패할 수밖에 없었던 이유는 내가 그런 식으로 계속해서 한 가지 이름, 한 가지 답을 찾으려고만 했기 때문이라는 생각이 든다. 때로 어떤 것은 잘 알지 못하는 채로 두어도 좋을 것이라는 생각이 든다. 그리고 그것이 상대를 가장 잘 사랑할 수 있는 최선일 때도 있는 것이리라.

이렇게 작지만 확실한 행복 △△△△△△△△△   김 강

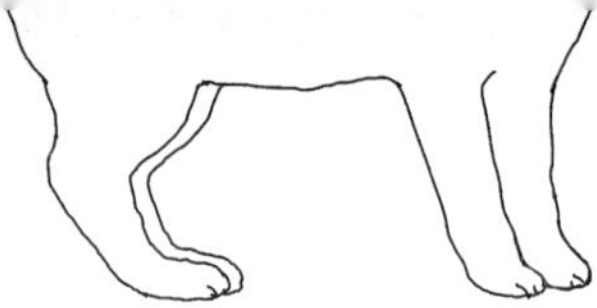

△△△△△

만화가. 목적지 없이 그리는 일을 쭉 하다가 문득,
이야기를 하고 싶다는 욕망에 만화를 덜컥, 겁 없이 들이대며 시작.
종착지로서 만화를 만들고 있다.
많은 시간을 고양이와 함께 방 안에서 지내므로 고양이의, 고양이에 의한,
고양이를 위한 만화를 필연적으로 그린다. 현재도 고양이를 그리는 중.
펴낸 책으로 《상상고양이》가 있다.

홈페이지 yukiroom.com

서점에서 《이렇게 작지만 확실한 행복》이라는 무라카미 하루키의 수필집을 집어들었다. 오래전에 읽었던 글임에도 불구하고 결국 집으로까지 들고 온 이유는 제목이 가져다주는 소소한 즐거움도 있었지만, 무엇보다 레트로 감성이 물씬 풍기는 표지 사진에 하루키와 고양이가 다정한 포즈를 잡고 있었기 때문이다(나중에 알고 보니 고양이 사진에 하루키를 합성한 것이었지만).

　　소싯적 하루키의 글을 읽고 위안으로 삼았었다. 그 당시는 세기말적 허무주의가 시대를 풍미했고, 그 속에서 나는 복잡다단한 개인사와 가정사의 그늘 아래 어둠침침하고 축축한 청춘을 흘려보내고 있었다. 무엇보다 나를 견디기 힘들게 한 건 친구를 잃은 상실감이었다. 스스로 목숨을 끊은 친구의 공백은 내 마음을 마구 쥐어짜고 할퀴고 찢어발기더니 결국 커다란 구멍을 뚫어놓았고, 아직도 마음 한쪽에 돌덩이가 되어 자리 잡고 있다. 자신의 상처를 말이나 글로 표현할 수 있으면 그것은 이미 상처가 아니라고 한다. 물론 그 시절에는 마음을 꺼내놓는 일이 가당치도 않은 것이라 여겼고, 시도조차 못한 채 오랜 시간을 비틀대며 지냈다. 아니, 그 시절에 가당한 것이 있긴 했던가. 그저 무력하고 나약한 존재였던 나를 일으켜 세워준 것은, 다름 아닌 만화를 만드는 일이었고 그 중심에 고양이가 있었다.

여러 우여곡절 끝에 나는 현재 만화가로 살고 있다. 배운 적 없는 일을 늦깎이로 시작해 천직이 되었다. 소통하지 못한 채 혼잣말하는 서툴고 고독한 삶 속에서 끊임없이 뭔가를 그려대거나 끄적대다 보니 그것들이 힘을 합쳐 나를 만화가로 만든 게 아닐까, 생각하기도 한다. 하지만 분명한 건 그렇게 되기까지 오랜 시간 내 곁을 지키며 좋은 기운을 불어넣어준 존재가 바로 고양이라는 사실이다.

일찌감치 독립해 고양이와 동거를 시작한 지 어느덧 십이 년을 넘기고 있다. 원래부터 고양이라는 동물을 좋아하긴 했지만, 그 당시에는 사실 고양이가 아니라도 상관없었다. 마음에 사람을 넣지 못하는 얼간이에게는 그 대체품이 필요했을지 모른다. 마치 영화

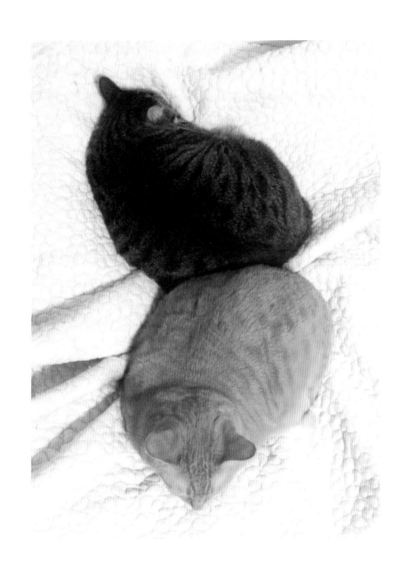

이렇게 작지만 확실한 행복

김 경

171

〈내겐 너무 사랑스러운 그녀〉 속 '라스'의 리얼돌 '비앙카'나, 〈그녀〉 속 '테오도르'의 인공지능 운영체제 '사만다'처럼 말이다. 나는 그 자리에 생명체 '고양이'를 집어넣었고, 그렇게 우리의 인연은 시작되었다.

돌봐주던 동네 길고양이가 낳은 새끼 중 한 녀석을 집으로 들였고 '랑'이라 이름 붙였다. 그리고 일 년 후쯤 '복길'이란 이름의 파양된 고양이를 추가로 들였다. 이 두 녀석들이 먹고 자고 싸고 아프기도 하는 모습을 보면서 함께 살을 비비며 살고 있다. 아기 때부터 사랑을 받아왔던 랑이는 철없이 까불대는 성격이고, 길에서 고생도 해보고 인간에게 상처도 받아본 복길이는 강단 있고 의연한 성격이다. 이렇게 고양이도 사람처럼 저마다 각기 다른 성격을 갖고 있다.

고양이의 귀여운 요소들은 굳이 설명할 필요가 없을 것 같다. 그들은 온몸으로 털을 뿜어내듯 귀여움을 뿜어내는 존재가 아닌가. 이 글을 읽고 있는 당신은 분명 고양이를 좋아하는 사람일 테니─좋아하지 않음에도 불구하고 고양이 관련 서적을 읽고 있는 변태라면 할 말 없지만─우리가 모두 알고 있는 그런 면면들은 적당히 패스하자.

그렇다고 그들에게 마냥 귀여운 모습만 있는 것은 아니다. 고양이와 함께 살아가려면 꾸준히 흩날리는 털과 화장실 모래 알갱이를 동반해야 하며, 곳곳의 발톱 자국은 영광의 상처쯤으로 여길 줄 알아야 한다. 또한 자그마한 물건들을 늘어놓고 싶다면 그에 대한 애착을 버리는 게 좋다(내 경우에는 고양이와 함께 살기 시작하면서 강력한 취미 생활이었던 프라모델 만들기를 포기했다). 아마 자신의 영역이 차츰차츰 고양이 위주로 바뀌게 될 것이다. 장기간의 여행 역시 부담스러운 일이 되어버린다.

하지만 이런 자질구레한 일들에 비해 커다란 무게감으로 다가오는 것이 바로 '책임감'이다. 고양이도 사람처럼 먹고 자고 싸고 아프기도 한다. 거기에 쏟아야 하는 비용과 기력은 만만치 않다. 물론 각오하고 시작한 일임에도 불구하고 삶이 위태로워질 때마다 '내 몸 하나도 제대로 건사하지 못하는 주제에 고양이라니' 하는 생각이 묵직하게 나를 눌렀다. 위기에 몰려 허덕일 때면 그들을 짐짝처럼 여긴 적도 있었다. 그럴 때마다 생각을 다잡고 있는 힘을 다해 더욱 애쓸 수 있었던 건 그 무게감이 단지 나를 지치게 하는 짐짝이 아닌, 운명 공동체로서의 사명이었기 때문일 것이다. 오히려 혼자였다면 극복하지 못했을지도 모른다. 아직 자식을 키워보지 않아서 잘 모르긴 해도—그것이 몇 곱절 어마어마한 일이라 해도—
아마 비슷한 마음이 아닐까. 한낱 이기적인 인간에 불과했던 나는
고양이가 가져다준 책임의 무게를 통해 배려와 헌신을 배웠다.

고양이가 가르쳐준 것

거절은 단호하게
승낙은 훈훈하게

기쁨은 무던하게
아픔은 의연하게

사랑은 솔직하게
인생은 태연하게

마냥 태연한 인생을 살 수 있다면 얼마나 좋겠느냐마는 인생은
그렇게 호락호락하지 않다. 우리의 몸과 마음은 수많은 요인에 의
해 끊임없이 괴롭힘을 당한다. 하다못해 사랑하는 마음까지도 순
탄치 않은 법이다. 진심을 담아 내민 사랑의 손길이 날카로운 칼날

로 변해 되돌아오기도 한다. 하지만 고양이만큼은 예외! 그들은 마치 '사랑 자판기' 같아서 내가 준 사랑을 고스란히 되돌려준다. 단단한 신뢰감을 바탕으로 주고받는 이 온전한 사랑은 마음을 따뜻하게 쓰다듬어 그 안에 평온함을 심어준다. 아마 그것이 동물과 친밀한 유대를 이루는 가장 큰 이유일 것이다. 그렇게 묶인 관계 속 고양이는 '내 인간'이라 여기는 존재에게 많은 영향을 받는다. '내 인간'이 기쁘면 함께 기뻐하고, 슬프면 함께 슬퍼한다. 이러한 감정의 공유를 과학적으로 설명하기는 어려우나 경험상으로 확신하는 바이다. 보통 때 팔랑거리던 고양이가 눈물짓는 자신의 곁에 살며시 다가와 따스하게 부비부비하는 몸짓을 경험해본 사람이라면 믿어 의심치 않을 것이다. 고양이의 이런 행동들은 사람에게 큰 위안을 주지만, 그들이 사람에게 영향을 받는다는 게 마냥 좋기만 한 건 아니다. 나는 한동안 깊은 슬픔에 빠져 허우적거린 적이 있었는데, 내 곁의 고양이 역시 그로 인해 지속적인 스트레스를 받았던 모양이다. 녀석의 건강 상태는 나빠졌고 결국 몸의 일부에 마비가 왔다. 슬픔은 설상가상이 되었고 그보다 먼저 죄책감이 들었다. 나로 인해 애꿎은 고양이가 아픈 것이 너무나 고통스러웠고 미안했다. 다행히 상태는 금세 호전되었지만, 아무튼 그 후로 난 녀석들 앞에서 안 좋은 감정을 드러내지 않는다. 나만의 공간에서조차 맘껏 울

수 없다는 사실은 적잖이 난감한 일이기는 하나, 오히려 그것이 자신을 바로잡는 힘을 가져다주었다. '내가 똑바로 서야 너도'라는 마음이 나를 더욱 단단하게 만든 것이다.

이렇게 고양이에게 배우고 위안받으며 짧지 않은 시간을 보냈다. 마음에는 고양이 뱃살 같은 온기가 생겼고, 그들과 나눈 수많은 이야기가 차곡차곡 쌓여갔다. 그동안 소통에 서툴렀던 나는 이제야 마음을 이야기하고 싶어졌고, 할 수 있는 용기가 생겼다. 그래, 이야기를 해보자! 그렇게 줄곧 그려대고 끄적대던 것들을 쓸어모아 만화로 만들 결심을 했고, 몇몇 작품을 거쳐 다음 웹툰 〈상상고양이〉가 세상 밖으로 나왔다. 만화를 만드는 일은 결코 쉽지 않았지만, 그 무엇보다 즐거운 일이었다. 나는 마음속의 티눈을 족집게로 뽑아내는 기분으로 이야기를 썼고, 그 한가운데에서 고양이는 내게 많은 영감을 가져다주었다. 만화 작업이란 게 하면 할수록 어렵고, 중간중간 시련이 불쑥불쑥 찾아오곤 하지만 나는 만화를 만들 때가 지금까지의 삶을 통틀어 제일 신난다. 나는 이를 통해 사람들과 소통하고 공감하고 위안받는다. 마음에 사람을 넣지 못했던 얼간이가 고양이를 통해 치유받아 결국 그곳에 사람을 넣을 수 있게 된 것이다. 영화 속 라스도, 테오도르도 결국 마음의 구멍에

리얼돌이나 인공지능 운영체제가 아닌 사람을 넣게 된 것처럼.

고양이 반창고

마음을 다스리지 못하고
이리저리 뿔나 있을 때
내 곁에 자리 잡은 고양이

볕에 몸을 누인 녀석을
한참 동안 망연히 바라보다
보드라운 털을 타고
부서지는 빛을 만지며
스르르 평온을 찾는다.

고르릉 고르릉
상처가 아문다.

재작년 나는 기쿠치병 조직구 괴사성 림프절염을 앓은 적이 있다. 심각한 질병은 아니었지만, 입원 치료 중에 패혈증 쇼크가 와서 생사의 고비를 넘나들게 되었다. 체온과 혈압이 측정할 수 없을 정도로 곤두박질쳤다. 의식이 점점 희미해지던 그때 굉장히 기이한 경험을 했다. 몸의 기능이 하나씩 점차 멈추고 있다는 느낌이랄까, 머릿속이 엿가락처럼 쭉 늘어져 생각을 이어붙일 수 없는 느낌이랄까, 구체적으로 설명하기 어려운 그것은 마치 '죽음'의 들목 같아서 그저 망연할 뿐이었다. '이렇게 간단히 죽는 건가' 따위의 생각조차 온전히 하지 못한 채 앰뷸런스에 실려 큰 병원으로 이송되었고, 응급실의 번잡함을 아득하게 느끼며 실낱같은 의식의 끈을 놓쳤다가 잡았다가 하기를 반복했다. 희한하게도 그다지 두렵지는 않았는데 그 당시 여러모로 몹시 지쳐 있었던 상태라 '이대로 계속 자는 것도 나쁘지 않지' 정도의 여유(?)가 있었던 모양이다.

그런 와중에 갑자기 집에서 나를 기다리고 있을 고양이들이 떠올랐다. 마음 한구석이 턱 막히는 기분이었다. '내가 죽으면 녀석들은 어떡하나. 대신 맡아줄 사람도 없는데……' 만약 누군가 맡게 된다 한들 짐짝 취급이나 받다가 버려질 것만 같아서 견딜 수가 없었다. 그제야 눈물이 줄줄 흘렀다. 빨리 집으로 돌아가 녀석들을 안아주고 싶다는 생각만이 강하게 들었다. 유일한 의지였던 그 생각은 점점 강렬해져 몸의 안쪽에서 뜨거운 기운이 돋게 만들었다. 그 이유 때문이었는지는 몰라도 다행히 위기를 넘겼고 점차 회복

ΛΛΛΛΛΛΛΛΛΛΛΛΛΛΛΛΛΛΛ

이렇게 작지만 확실한 행복

김 경

해 지금 이 자리에서 그때를 회상하며 이렇게 끄적이고 있다. 사랑하는 존재가 미치는 영향력이 크다는 것은 익히 알고 있었지만, 녀석들이 내게 그런 반향을 불러일으킬 줄은 예상하지 못했다. 그러거나 말거나 고양이들은 퇴원해 돌아온 내게 '이렇게 오래 집을 비우다니 괘씸하다!'라는 어조로 먀오먀오 심통을 부렸지만 말이다.

고양이와 살을 비비적대며 살아온 시간이 쌓여갈수록 녀석들은 공기처럼 자연스러운 존재가 되었다. 고양이를 돌보는 일은 내 생활의 일부분이고, 그 냄새는 아마 내 체취의 일부분일 것이다. 오랜 시간을 함께 지내다 보니 어느새 삶의 구석구석에 익숙하게 스며들어 가끔 그 소중함을 잊곤 한다. 문득문득 생각한다. 녀석들이 사라지면 내 주변의 공기는 얼마나 희박해질까. 고양이와 함께해온 시간이 쌓여갈수록 앞으로 남은 시간은 줄어들 것이다. 이별을 위한 '마음의 준비' 따위를 해야 할지도 모른다. 키우던 고양이를 떠나보낸 경험이 있는 이에게서 그 슬픔의 강도가 부모님이 돌아가신 것보다 더 컸다는 말을 들었다. 이게 무슨 패륜적인 말인가 싶겠지만 나는 고개를 끄덕이고 말았다. 어쩌면 살을 맞대며 살아온 시간이 부모님 이상으로 많을 수 있다. 혹은 더 진할 수 있다. 더 깊을 수 있다. 그런 살가운 시간을 함께 보내며 나도, 고양이도 나이를 먹는다.

나이 든 고양이는 인간과의 공존에 익숙하고, 공기의 흐름에 여유로우며, 현상을 꿰뚫어 보는 오묘한 눈을 가졌다. 우린 때때로 서로의 눈을 가만히 바라보는데, 나는 녀석의 생각을 전부 읽을 수 없지만 내 생각은 고스란히 읽히는 것만 같아서 부끄럽지 않도록 머릿속을 바로잡곤 한다. 고양이의 시간은 인간보다 빠르게 흘러 한동안 나는 어른 행세를 했으나 이제는 녀석이 나보다 어른이 되었다. 자신보다 늙어버린 고양이를 보는 기분은 참으로 스산하다. 다양한 늙음의 징후들을 내보이며, 위태로운 순간순간을 넘기며, 언젠가는 사그라지겠지만 아직은 견딜 만해, 라고 말하듯 색색 숨을 쉬는 고양이 곁을 지키다 보면 저릿하게 와닿기 시작한다.

'이 고양이는 특별한 일이 일어나지 않는 이상 나보다 먼저 세상을 떠난다.'

그럴수록 더욱 세심한 보살핌이 필요하다. 그럴수록 설명하기 힘든 마음이 든다. 내가 할 수 있는 일은 일 분 일 초의 시간이라도 더, 섭씨 1도의 온기라도 더, 1그램의 사랑이라도 더 주는 것뿐이다. 나는 만화 〈상상고양이〉를 만들면서 '잘' 이별하는 법에 대해 많은 생각을 했다. 물론 정답은 없고 '잘' 해낼 자신도 없다. 다만

평생을 마음속에 품고 갈 존재가 차갑고 모난 돌덩이가 아닌 맨질맨질 동글동글한 구슬이었으면 좋겠다. 해가 바뀌고 또 바뀌어도 고양이는 매번 즐거움과 위안과 따스함과 이런저런 좋은 기운을 불어넣어준다. 훗날 이로 인해 많이 아플 거라는 걸 알지만, 그것을 미리 염려하여 사랑을 아끼는 짓은 하지 않을 것이다. 우리는 가족이다. 분명히.

큥큥, 익숙한 구린내가 난다. 고양이가 큰 볼일을 치른 모양이다. 자, 그럼 맛동산과 감자를 캐내고 난 뒤 식사를 준비해야겠다. 고양이 밥과 내 밥. 그렇게 오늘도 소소하고 일상적인 하루가 시작된다. 그야말로 '이렇게 작지만 확실한 행복'이다.

맞아요, 엄마, 그게 그거예요 ×××××××××× 이평재

××××

소설가. 미술을 전공하고 화가 생활을 하면서 소설 습작을 했다.
1998년 《동서문학》 신인문학상을 받으며 등단했다.
주요 작품집으로 《마녀물고기》 《어느 날, 크로마뇽인으로부터》,
장편으로 《눈물의 왕》 《엉겅퀴 칸타타》가 있다.
현재 소설가 모임 〈문학비단길〉에서 활동하고 있으며,
〈예술서가〉를 이끌고 있다.

내 이름은 수리, 내 여친의 이름은 미르. 둘 다 마미가 지어준 이름이다. 마미의 장편소설 《눈물의 왕》에 나오는 주인공들의 이름과 똑같다. 마미가 그 소설을 집필하던 중에 우리를 분양받았다고 한다. 마미는 집으로 놀러 오는 손님들에게 신이 나서 말한다. '모던 샴'인 얘는 사막여우처럼 신비하게 생겨서 미르 같잖아요. 안 그래요? 잘 보세요, 그렇죠? 그리고 '터앙' 터키시 앙고라인 쟤는 용감하게 잘생기고 게다가 머리까지 좋아서 수리 같고요. 어때요? 직접 보니까 제 말이 딱 맞죠? 그러면 마미의 장편소설 《눈물의 왕》을 읽었거나, 알고 있거나, 몰라도 아는 척을 해야 하는 손님들은 맞아, 맞아! 하면서 박수를 쳐댄다. 참으로 손발이 오글거리는 장면이 아닐 수 없다. 그래도 우리는 수리와 미르라는 이름을 무척 자랑스럽게 여기고 있다. 또한 이름값을 하려고 노력하고 있다. 마미가 품고 있는 환상에 부응하기 위해. 다 마미를 사랑하기 때문이다. 골골골골, 골골골골.

마미도 우리를 사랑한다. 하루에도 몇 번씩 우리를 보며 활짝 웃는다. 그렇게 웃음기 넘치는 입을 씰룩거리고 중얼거린다. 어디서, 어떻게 이렇듯 예쁜 녀석들이 엄마한테 온 거냐고. 어디서 왔긴? 하하, 나로 말씀드릴 것 같으면 '고양이라서 다행이야'라는 인터넷카페, 일명 '고다'에서 '딸기아빠'로 활동하던 한 카메라맨의 집에서 태어났다. 그리고 미르는 세계적으로 유명한(전적으로 마미의 말에 의하면) 스트리트 댄서의 집에서 태어났다. 물론 둘 다 세상에 나온 지 두 달 만에 부모와 이별을 한 셈이다. 그래서 슬프냐고? NO. 우리 고양이들은 그 어떤 동물들보다 독립적이거든. 운명을 시크하게 받아들이거든.

어쨌든 내가 태어난 것은 오 년 전이다. 나의 어미는 개나리가 노랗게 핀 봄날에 다섯 마리의 고양이를 낳았고, 그중 가장 말썽꾸러기가 나였다. 그로 인해 나는 늘 몸 어딘가에 크고 작은 상처가 있었다. 당연히 새 가족을 만나는 게 쉽지 않았다. 그러나 마미는 단번에 나를 알아봤다. 세 마리는 이미 새로운 가족을 만나 하나둘 집을 떠난 뒤였고, 마지막으로 나와 너무 얌전하고 순해 장식품 같은 녀석 한 마리만 남아 있었는데, 마미가 망설임 없이 나를 안아 들었던 것이다. 나 역시 마미를 단번에 알아봤다. 마미의 손을 꼭 잡고 놓지 않았다. 마미는 어머나, 애 좀 봐! 하면서 입을 다물지 못했다. 마미는 지금도 사람들에게 말한다. 사진만 봤을 때는 콧잔등에 상처가 난 이 녀석만 아니면 된다고 생각했어요. 그런데 한순간 달라졌죠. 어찌나 꼭 달라붙는지 '내 자식이다' 하는 느낌이 온 거예요. 만약 그때 데려오지 않았다면, 아 생각만으로도 끔찍해요. 이렇게 나를 행복하게 해주는 아이는 없거든요. 사람보다 백배, 천배 나아요. 나는 마미의 마음을 백 퍼센트 이해한다. 그만큼 마미는 사람들에게 상처를 받은 거다. 미야옹, 미야옹.

미르도 나와 똑같이 오 년 전 태어나긴 했다. 그러나 미르의 입장은 조금 다르다. 마미가 아무리 다정하게 대해도 온전히 마음을 열지 못한다. 아니, 누구에게나 까다롭게 군다. 마미와 나는 그 이유를 잘 알고 있기에 미르에게 더욱 잘한다. 세계적으로 유명한 스트리트 댄서의 집에서 태어났기 때문이다. 마미가 미르의 생년월일을 묻자 스트리트 댄서는 모르겠어요, 하고 말끝을 흐렸다. 그럴 수밖에. 미르는 스트리트 댄서가 두 달간 외국 공연을 간 사이 태어난 것이다. 세 마리 중 하나는 죽고, 하나는 꼬리가 부러져 기억자로 꺾이고, 그나마 미르만 온전했던 것이다. 마미는 그런 사연을 전해들으면서 눈물을 흘렸었다. 스트리트 댄서가 멋쩍어하며 이런 저런 농담을 해도 웃지 않았다. 미르의 아빠가 모던 샴 대회에서 우승을 한 족보를 가지고 있다고 해도 좋아하지 않았다. 나는 그런 마미를 보며 다짐했다. 아무리 예쁜 고양이가 나타나도 배신 때리지 않고 미르만 사랑하며 살겠다고.

지난 오 년 나는 그 다짐을 지켰다. 특별히 어떤 노력을 한 것은 아니었다. 절로 그렇게 되었다. 그만큼 미르의 미모가 뛰어났다. 사람들은 미르가 너무 마르고 못생겼다고 하는데, 그건 뭘 모르는 소리다. 우리 고양이 세계에서는 미르 같은 외모를 최고로 친다. 미르는 모양새가 남다르다. 몸을 움직일 때마다 머리부터 발끝까지 등뼈를 따라 흐르는 선이 우아하고 격이 있다. 다행히 마미는 사람들과 달리 미르가 호리호리하고 길쭉한 오리엔탈 타입의 정수淨水인 것을 알고 있다. 마미는 가끔씩 혼잣말을 한다. 족보 있는 고양이라더니 자태가 다르네. 그렇다고 마미가 미르의 외모만 이야기하는 것은 아니다. 미르는 행동도 고급지다. 아무 곳에나 앉지 않고, 아무 곳에서나 눕지 않는다. 반드시 마미가 놓아준 방석에 앉고, 마미가 만들어준 잠자리에서만 잔다. 음식을 먹을 때도 서두

맞아요. 엄마, 그게 그거예요

이평재

191

르지 않는다. 천천히 사부작거린다. 한마디로 미르는 공주병이 아
닌 진짜 공주인 것이다. 그런 미르를 마미는 조금도 귀찮아하지 않
고 돌본다. 미르의 남친인 나, 수리는 그게 고마워 마미에게 더욱
잘한다.

마미의 하루 일과는 뻔하다. 글을 쓰거나, 책을 읽거나, 요리를
하거나. 아니면 요리를 하거나, 책을 읽거나, 글을 쓰거나. 그리고
이틀에 한 번꼴로 이른 새벽에 베란다로 나가 식물들을 돌보거나.
일요일 오전이면 텔레비전 앞에 앉아 〈동물농장〉을 보면서 웃거나
울거나. 그런 식으로 앞뒤 순서만 바뀔 뿐 하루가 크게 다르지 않
고 그게 그거다. 특히 평소 보지도 않는 텔레비전을 종일 켜놓고
있는 것과, 잠잘 때에도 전등을 끄지 않는 것은 거의 불변의 법칙
에 가깝다. 나는 비교적 똑똑하여 텔레비전이나 전등 정도는 능히
끌 수 있지만 굳이 그러지 않는다. 왜? 마미의 마음을 알 것 같기
에. 마미는 인간이기에 외로운 거다. 하필이면 작가이기에 더욱 외
로운 거다. 우아앙, 우아앙.

그래도 온 가족이 모이는 날이면 텔레비전이 꺼지면서 집 안이
들썩거린다. 파파와 마미와 형과 누나는 식탁에 앉아 깔깔거리고,

우리는 그 깔깔거리는 소리가 좋아 흥분 모드에 빠져든다. 온 집 안을 정신없이 뛰어다니다가 자연스럽게 야생놀이를 시작한다. 야생놀이는 우리 고양이들이 기운이 넘쳐날 때 종종 취하는 행동이다. 뭐 특별한 규칙은 없다. 그저 우리 조상들이 살았던 숲 속 혹은 지금도 우리 종족들이 살고 있는 문밖 세상을 상상하며 그에 따른 행동을 본능적으로 취하는 것이다. 왜 그러는지는 정확히 말하기 싫다. 그러니 따지지 마시길. 너무 따지면 다친다. 인간의 치부가 드러나기에. 그러니 그냥 야생에서 살던 조상의 습성을 그대로 내재하며 진화해왔기 때문이라는 정도로 넘어가시길. 아무튼 야생놀이의 기본은 온 집 안을 이리저리 마구 뛰어다니는 거다. 우다다다다, 우다다다다.

자세히 살펴보면 우리의 야생놀이도 각기 다른 성향이 있다. 미르는 공주답게 아기자기하다. 손톱만 한 종이 뭉치(민트향이 나는 껌 종이 뭉친 것을 가장 선호한다)를 가지고 노는 걸 좋아한다. 쥐나 벌레 쯤으로 생각하며 사냥하는 흉내를 내는 것이다. 미르는 마미가 종이 뭉치를 만들어 저만치 던지면 재빨리 달려가 앞발로 툭툭 치며 이리저리 튕겨나가게 한다. 그러곤 숨어서 지켜보다가 한 번씩 달려들어 그것을 입으로 물고 뿌리친다. 그러기를 몇 번 반복하다가 다시 종이 뭉치를 입으로 물고 마미에게 가져간다. 그러면 마미가 어이쿠, 우리 미르 이거 잡아왔어? 하고 미르를 쓰다듬어주는 것이다. 혹시 마미가 다른 일을 하느라 돌아서 있으면 미르는 앞발로 마미의 팔을 툭툭 건드린다. 마미가 쳐다보면 그것을 마미 앞으로 밀어놓는다. 엄마, 이거 잡아왔어요, 다시 던져주세요. 미이잉, 미이잉.

　나는 미르처럼 노는 걸 좋아하지 않는다. 단순하고 유치하다. 어쩌다 한 번씩 여친에 대한 예의로 큰맘 먹고 함께 어울려주는데 곧 싫증이 나 그만둔다. 그러곤 몸이 근질근질해 내 마음대로 놀기 시작한다. 군대 짬밥 먹고 호랑이처럼 커진 고양이, '짬타이거'처럼 군다. 후다닥 천장 높이의 책장을 오르내리고, 우당탕 달려가 에어컨 위로 점프를 하고, 탁자 위에서 보드를 타듯 바퀴 달린 의자 위로 슬라이딩하여 뛰어내린다. 그러면 의자가 2, 3미터는 쭉 미끄러져나가는데, 나는 그 순간 엄청난 스릴을 느끼며 의자 등받이에 대고 마구 불꽃 펀치를 날린다. 어쩔 때는 그 모든 것을 한꺼번에 연이어 몇 세트로 하는데, 마미는 그런 나의 모습에 감탄을 한다. 똑똑한 수리는 노는 것도 다르네, 하고 휴대폰을 들이댄다. 사진을 찍고, 동영상을 찍고, 그것을 가족 카톡방에 올린다. 그러곤 한동안 미소를 띤 채 수리가 어쩌고, 하면서 외출하여 흩어져 있는 가족들과 대화를 나눈다.

나는 그런 마미의 모습을 그윽한 마음으로 바라본다. 그러다가 마미와 눈길이 마주치면 눈을 게슴츠레 깜박거리며 사랑해요, 엄마, 하고 말한다. 마미도 사랑해, 하고 대답하며 눈을 게슴츠레 깜박인다(여기서 한 가지, 분명하게 밝혀둘 것이 있다. 사람들은 우리 고양이가 애정표현을 할 때 눈을 크게 뜨고 두어 번 깜빡거린다고 하는데, 그건 사실이 아니다. 처음 만나는 사람에게만 그런 식으로 호의를 표시한다. 그것도 마음이 열릴 때만. 백 퍼센트 진정한 애정표현은 눈을 게슴츠레 뜨고 불규칙하게 깜박이며 우우우우 하는 표정을 짓는 것이다). 그 시점에서 나는 슬쩍, 미르의 표정을 살핀다. 그때의 미르의 반응은 두 가지다. 하나는 못 본 척 고개를 돌리거나, 나를 등지고 돌아앉는 것. 또 하나는 나에게 다가와 장난치듯 내 뒷다리를 앞발로 잡아당겨 살짝 깨무는 것. 그러면 나는 장난에 응하면 안 된다. 그건 미르가 장난을 빙자하여 질투를 표출하는 방법이기에. 나도 처음엔 멋모르고 장난에 응했다가 낭패를 본 적이 있다. 똑같이 미르의 뒷다리를 살짝 깨물었는데 미르가 온몸의 털을 세우고 꼬리로 바닥을 탁탁 치더니 느닷없이 달려들었다. 나는 약하고 사랑스러운 여친을 때릴 수 없어 급하게 책장 위로 올라갔다. 그런데

맞아요, 엄마, 그게 그거예요

이평재

195

XXXXXXXXXXXXXXXXXXXXXXXXX

그것을 지켜보는 눈이 있었다. 아우오우, 아우오우.

사실 우리 집에는 나와 미르 말고 두 마리의 고양이가 더 있다. '잭 스패로우'와 '아리'. 원래 잭 스패로우는 영화 〈캐리비안의 해적〉에서 조니 뎁이 연기한 선장의 이름이다. 마미의 인간 딸인 누나가 그 캐릭터를 좋아해서 따왔다고 한다. 당연히 누나는 고양이 잭 스패로우가 영화 속의 잭 스패로우만큼 멋지게 자라기를 바랐을 것이다. 그러나 천만의 말씀, 만만의 콩떡이다. 분명 부모가 순종 아비시니안인데도 하얀 털이 박혀 믹스처럼 보이는 고양이 잭 스패로우의 별명은 덩치 값을 못한다 하여 '정준하 같은 놈'이다. 이건 절대적으로 마미의 인간 아들인 형의 주관적인 코드이니 정준하 씨는 오해 없으시길 바란다. 어쨌든 그만큼 잭 스패로우는 겁이 많다. 나보다 일 년이나 더 먼저 태어난, 인간으로 비유하자면 십 년 인생 선배인데도 나에게 꼼짝을 못한다. 내가 일어서서 몸을 부풀리고 앞발을 높이 치켜들기만 해도 우우웅 찌그러진다.

그래도 나는 늘 잭 스패로우를 주시하고 있다. 어처구니없게도 한 번씩 잭 스패로우가 이성을 잃고 짬타이거처럼 굴 때가 있기에. 그건 바로 간식 앞에서다. 특히 '챠오츄르'를 먹을 때 미친다. 챠오츄르는 스틱형 파우치에 담겨 있는 생선 수프다. 한쪽 끝을 잘라내고 젤리처럼 짜먹게 되어 있다. 나도 처음 챠오츄르를 먹었을 때 눈이 튀어나올 뻔했다. 너무 맛났다. 그러나 대장으로서 사회적 체면이 있어 덤덤한 척했을 뿐이다. 반대로 잭 스패로우는 이성을 잃었다. 마미가 한 번씩 교대로 주는 걸 참지 못했다. 혼자 다 먹겠다고, 먹고 싶은 걸 꼭 참고 차례를 기다리는 아리를 때렸다. 심지어 자기가 짝사랑하는 미르까지 입으로 앙 깨물었다. 그러더니 나에게까지 아아아악, 하며 달려들었다. 나는 당혹스러웠다. 우선은 꼬리를 잔뜩 부풀리고 겁을 줬다. 그리고 마미가 방으로 들어간 사이 무섭게 덮쳐 목덜미를 물었다. 잭 스패로우는 비명을 지르며 죽는 시늉을 했다. 그러나 그때뿐이었다. 그렇게 혼이 나고도 매번 똑같은 행동을 반복했다. 나는 결론을 내렸다. 머리가 좀 모자란 것이라고. 그러니 눈이 뒤집히면 어떤 일을 저지를지 모르는 요주의 대상.

아리라는 이름에는 사연이 많다. 아리는 마미가 아닌, 원래 주인이 지어준 이름이다. 마미가 '자미'라는 이름을 새로 지어줬는데 아리가 알아먹질 못했다. 아무리 자미야, 자미야, 불러도 반응이 없었다. 별수 없이 아리야, 하고 불러야만 냉큼 달려왔다. 언제부터인지 가족들은 자미를 아리라고 부르기 시작했다. 아리는 서울의 한 주민센터에 근무하는 공무원의 오피스텔에서 태어났다. 그 공무원은 좁은 오피스텔에서 일곱 마리의 고양이와 살고 있는 여자였다. 불행히도 처음 두 마리만 빼고 다 근친상간. 또다시 근친상간으로 새끼 네 마리가 더 태어나 열한 마리가 되자 그녀는 안되겠다 싶었다. 죄책감을 덜어내려는 듯 근친상간이 아닌 처음 고양이 두 마리만 남기고 나머지 아홉 마리를 모두 분양해버렸다. 분양은 쉬웠다. 그녀의 고양이들은 몸집이 유난히 작았다. 원래 '러시안 블루'는 짬타이거처럼 덩치가 큰 종류인데 몸집이 작으니 선호도가 높았다. 새끼 고양이 네 마리 중에 아리가 있었다.

아리가 처음부터 마미에게 온 것은 아니었다. 그 공무원의 어머니가 시골에서 살았는데, 아리를 가져다 그 옆집에 준 것이었다. 대신 옆집에서 강아지 한 마리를 받았다고. 어쨌든 그 사흘 뒤 시골집에 다니러 간 그녀는 충격을 받았다. 그녀의 말을 그대로 인용하자면 이랬다. 글쎄, 아리가 똥개들이 사는 개장 안에서 오줌을 지리면서 웅크리고 있는 거예요. 제가 아리야, 하고 안으니까 이잉, 이잉 속울음을 울면서 품속으로 파고들었어요. 아, 얼마나 불쌍했는지. 엄마하고 막 싸우고 다시 데려왔어요. 그 뒤부터 이렇게 죽은 척을 하네요. 정말 그랬다고 한다. 아리는 마미와 가족이 된 뒤에도(나는 아직 세상에 태어나지도 않았을 때) 두 달 정도 옆으로 누워 눈을 꼭 감고 죽은 척을 했다고. 잭 스패로우가 근처에만 가도, 가족 중 누군가 쳐다보기만 해도 그 자리에 누워버렸다고. 그러다 마미가 아리야, 부르면서 한참을 부드럽게 쓰다듬으면 살며시 눈을 떴다고 한다.

그러나 지금의 아리는 상상초월이다. 꽤 예쁘고 요염한 베이글녀이며 팜므파탈이다. 다소곳하고 순진한 얼굴을 하고 있다가 한 번씩 성질이 나면 육덕지게 몸을 부풀리고 달려들어 '광녀'라고 불리기도 한다. 나는 우리 집에서 서열 1위인 대장이기에 그런 아리가 조금도 무섭지 않다. 뒷목을 물어 간단하게 제압해버리면 그만이다. 게다가 아리는 나를 흠모하고 있는 눈치다. 하지만 나의 여친 미르는 다르다. 잭 스패로우도 미르를 흠모하여 호시탐탐 들이대고 있고, 아리는 한 울타리 안에 자신 말고 다른 여자가 존재하는 걸 용서할 수 없다는 입장을 고수하고 있어 괴로운 나날을 보내고 있다. 그래서 미르는 잭 스패로우가 근처에만 가도 앙탈을 부린다. 아리가 눈에 보이기만 해도 부들부들 떨며 숨이 막혀 죽는 시늉을 한다. 그러면 마미가 달려가 우리 아기, 하고 덥석 안아준다. 분명 과잉보호다. 그러나 마미가 없을 땐 나 역시 어쩔 수 없는 선

맞아요, 엄마, 그게 그거에요

이평재

택을 한다(원래 서열 싸움은 내버려둬야 하는데 사랑하는 여친이기에). 잽싸게
달려가 아리를 쫓아버린다. 하아악, 하아악.

나와 미르에게도 별명이 없는 건 아니다. 마미는 가끔씩 우리
에게도 희한한 별명을 붙여 불러댄다. 미르가 맹하게 굴면 밍밍이!
하고. 나에겐 몇 개의 별명을 번갈아 부른다. 기분이 좋으면 수리
수리 마수리! 하고, 믿음직스러운 모습을 보이면 장군이! 하고, 마
음에 들지 않는 짓을 하면 야, 수그리! 하고 외친다. 지금도 마미는
나에게 수그리! 하고 인상을 쓰고 있다. 내가 품위 없이 쓰레기 봉
지를 뒤지다가 딱! 걸린 탓이다. 마미는 일부러 쿵쿵 발소리를 내
며 다가온다. 이럴 때면 별수 없다. 폭풍 애교를 부릴 수밖에. 가르
릉, 가르르릉.

나는 마미의 다리를 두 손으로 꼭 끌어안고 고개를 갸우뚱하며
엄마, 엄마 하고 부른 뒤 바닥에 누워 온몸을 이리저리 굴린다. 그
렇게 하고 싶은 말을 표현한다. 나야, 수리. 엄마가 예뻐하는 수리!
이래도 야단칠 거야? 역시 마미는 하하하하 웃음을 터뜨리며 외친
다. 수리야, 지금 뭐라고 했어? 엄마라고 했어? 다시 해봐, 어엄마!
어엄마! 나는 돌림노래를 하듯 엄마! 엄마! 하고 마미를 따라한다.

곧이어 마미가 수화기를 집어든다. 누나에게 전화를 걸고 하이톤으로 외친다. 수리가 정말 엄마라고 한다니까! 수리만 그러는 게 아니야, 다른 아이들도 다 그래. 어휴, 이걸 어떻게 해야 믿겠니? 나는 마미의 말이 거짓이 아니라는 걸 증명하기 위해 최선을 다한다. 엄마! 엄마! 그러자 마미가 잠시 귀를 기울이더니 다시 전화에 대고 말한다. 아니, 정확히 '엄마'는 아니고 '으음머' 한다니까! 그게 그거 아냐? 너희들도 아기 때 그렇게 발음했어! 나는 누나 대신 온몸으로 대꾸한다. 맞아요, 엄마, 그게 그거예요. 으음머! 으음머!

우리 집 고양이는 무릎 고양이 메이 ○○○○○○○○○○ 김형균

북디자이너. 출판사 들녘, 북폴리오, 황금가지, 민음사에서 근무하다
2013년부터 프리랜서로 활동 중이다. 공교롭게도 책을 만들기 시작한 때부터
고양이 한 마리를 키우고 있는데 그 고양이는 지금까지 책 만드는 걸
옆에서 쭉 지켜보고 있다. 수많은 책을 디자인했고,
《B킷 : 북디자이너의 세번째 서랍》을 공저했다.

　　　　　　나의 고양이 이름은 메이May. 오월에 처음 만나
서 지어준 이름이다. 2003년부터 무려 십삼 년 동안 함께 살고 있
는 검은 고양이다. 대학 후배가 키우던 고양이가 새끼를 낳았는데
혹시 한 마리 데려갈 마음이 있느냐고 연락이 와서 얼떨결에 보러
갔다가 인연을 맺게 되었다. 불과 몇 개월 전에 키우던 새끼 강아
지를 폐렴으로 잃은 뒤여서 망설여졌다. 함부로 인연을 맺는 것에
대한 두려움이 컸다고 할까. 그런데 후배 아버지가 새끼 고양이들
을 버리든지 죽이든지 둘 중 하나를 선택하라고 하셨다는 것이다.
그 얘기를 듣고 어미 고양이 품속에서 쌔근쌔근 잠들어 있는 새끼
들의 모습을 보니 안쓰럽고 불쌍한 마음이 들었다. 결국 나는 엄마
젖을 뗄 때까지 몇 주를 기다렸다가 새끼 고양이 한 마리를 집으로
데리고 왔다. 가족과 생이별하고 홀로 낯선 환경에 던져진 그 아기
고양이에게 '잘 키워주마' 속으로 다짐을 하면서.

우리 집 고양이는 무릎 고양이 메이

김형균

이십 대 후반에 일러스트레이터가 되기로 결심하고 합정동의 작은 옥탑방에 작업실을 열었지만, 현실은 그리 녹록지 않았다. 내가 그토록 꿈꿔왔던 독립이었건만 일거리도 많지 않았고 그나마 하던 일조차 중도에 무산되는 등 여러 가지로 힘든 시기였다. 그때 우연한 계기로 출판사에서 디자이너로 근무하기 시작했는데 메이와의 인연도 그 무렵 시작되었으니 내게 책과 고양이는 떼려야 뗄 수 없는 운명 같은 존재라 할 수 있다.

나날이 커가는 메이와의 동거 생활은 예상과는 달리 처음부터 좋기만 한 건 아니었다. 그림을 그릴라치면 책상 위로 점프해 그림을 밟고 지나가거나 손에 쥔 연필을 연신 깨물며 방해했고, 컴퓨터 작업을 하고 있을 땐 키보드 위로 지나가 오타가 속출하기 일쑤였다. 고양이 하면 떠오르는 얌전하고 도도하고 우아한 모습과는 거리가 먼, 떼쓰듯 수시로 칭얼대며 한시도 곁에서 떨어질 줄 모르는 피곤한 말썽쟁이 고양이였다.

몸집이 좀 더 커지자 좁은 방 안이 답답하게 느껴질 것 같아 바깥 구경을 시켜주려고 목줄을 하고 강아지처럼 산책을 시도했다. 처음엔 두려운 눈빛으로 바닥에 넙죽 엎드린 채 한두 걸음도 못 걷다가 목줄이 답답한지 풀어달라는 듯 격한 거부반응을 보였다. 고양이를 데리고 산책하는 사람을 본 기억이 왜 없는지 그제야 이유를 알 것 같았다. 그 이후로 목줄 없이 풀어놔도 옥상 위에서만 왔다 갔다 하기에 마음 놓고 외출할 수 있게 자주 문을 열어주었다. 혹시 저러다가 호기심에 옥상 바깥으로 나갔다가 길고양이가 되는 게 아닐까 하는 걱정도 들었지만, 한번 외출을 허용한 뒤로 자유를 맛본 메이를 더 이상 가둬놓을 수는 없었다. 어느 날부터는 폭이 좁은 옥상 난간도 아무렇지 않게 폴짝 뛰어올라 걸어다니기까지 했다. 자칫하면 3층 높이에서 추락할 것 같았는데 공기처럼 가볍게 점프한 뒤에 곧바로 균형을 잡는 모습을 보고 안심했다(처음엔 그 아찔한 광경에 기겁했는데, 그 뒤로 섬세하고 민첩한 동작을 관찰하면서 고양이라는 동물에 대해 경외심마저 느끼게 되었다).

그렇게 조금씩 날렵한 흑표범 같은 외모로 성장해가던 어느 날, 문밖으로 나간 메이가 한참이 지나도록 돌아오지 않았다. 옥상 어디를 둘러봐도 메이의 모습은 찾을 수가 없었다. 1층 계단 옆엔 크고 사나운 암캐가 줄에 묶여 있어서 메이가 건물 밖으로 나갈 엄두도 못 낼 거라 생각했는데……. 설마 이대로 나가서 돌아오지 않으면 어쩌지? 혹시 차도에 뛰어들어 차에 치인 건 아닐까? 하는 별별 생각에 메이를 찾아 온 동네를 헤매 다녔다. 이름을 부르며 몇 시간을 돌아다녀도 동네에선 메이의 흔적조차 찾을 수가 없었

다. 점점 해가 노랗게 물들어가고, 밤이 되면 아예 찾을 수 없을 것만 같아 조바심치며 이리저리 찾아 헤매던 중 어느 집 앞에서 문득 아주 작은 고양이 울음소리를 들었다. 소리가 난 곳으로 다가가니 반지하 건물의 비좁은 틈 사이로 몸을 웅크린 채 조심스럽게 내 목소리에 응답하고 있는 메이가 보였다. 어찌나 기뻤는지 십 년이 훨씬 지난 지금도 그 상황이 생생하게 기억난다. 평소 있을 땐 잘 몰라도 없으면 그 소중함을 깨닫게 된다는 말을 그때서야 절실히 이해했다. 품에 안고 집으로 들어서자 주인집 개가 메이를 보더니 그 어느 때보다 사납게 짖어대는 통에 메이의 발톱이 내 몸을 파고들어 엄청 아팠던 것도 같이 기억난다. 얼마나 무서웠으면 돌아오고 싶어도 못 오고 비좁은 공간에 숨어 있었을까. 그렇게 첫 가출을 하고 나서 얼마 지나지 않아 메이는 언제 그랬냐는 듯 또 외출을 감행하고 몇 시간 뒤에야 돌아오곤 했다. 나중엔 사뿐히 옆집 담장으로 뛰어넘으며 주인집 개를 약 올리는 여유까지 생겼다.

메이에게도 리즈 시절이 있었다. 워낙 자유방임주의로 키우다 보니 틈나는 대로 밖에 나가서 무얼 하고 노는지 혹시 애인이라도 만나고 오는지 도통 알 수가 없었지만, 때가 되면 집으로 다시 돌아오는 것만으로도 대견하다고 생각했다. 아마도 잘생긴 외모 덕분에 동네 고양이들한테 꽤나 인기가 있지 않을까 하는 생각과 동시에 어느 날 갑자기 자기 아내와 아이들을 우르르 집에 몰고 올지 모른다는 불안감도 살짝 들긴 했다. 언젠가는 옥상에서 메이와 또 다른 고양이 한 마리가 이상한 울음소리를 내고 있기에 무슨 일일까 궁금해서 바깥을 살펴보았더니 메이보다 덩치가 큰 누런색 고양이 한 마리가 메이와 마주 보고 앉아 번갈아가며 소리를 내고 있었다. 동네 친구가 찾아와서 반가워서 저러나, 아니면 암컷한테 구애하는 중인가 이런저런 생각을 하며 한참을 지켜보았다. 그런데 왠지 대화하는 것 같지는 않고 심상치 않은 긴장감이 느껴지더니 마침내 둘이 이마를 맞대고 더 크게 아기 울음소리를 내며 대치하기 시작했다. 그렇게 분위기가 험악하게 고조되던 찰나 갑자기 둘이 뒤엉켜 격렬히 싸우기 시작하는데 마치 영화 〈가위손〉의 한 장면처럼 누런 털이 공중에 흩날리는 광경이 내 눈앞에 펼쳐졌다. 그동안 몰랐던 메이의 야수 본능에 잠시 넋을 잃고 쳐다보다가 문득 저러다 눈이라도 다치면 어쩌나 싶어 황급히 달려나가 둘 사이에 억지로 끼어들었다. 순간 당황하며 잽싸게 피하던 누런 고양이가 분한 듯 이쪽을 쳐다보자 든든한 지원군을 등에 업은 메이가 보란 듯이 몇 발짝 쫓아갈 시늉을 했고, 결국 누런 고양이는 그대로 줄행랑을 쳐버렸다. 꼭 사람이 싸울 때랑 행동이 흡사했다. 아직 싸움의 여운이 가시지 않은 듯 긴장한 상태로 그 자리에 가만히 서 있는 메이에게 다가가 혹시 다친 덴 없나 살펴보니 이마에 한 군데 할퀸 상처 빼곤 멀쩡했다. 주변에 흩어진 털은 모두 누런 털뿐이었다. 그때의 개선장군 같던 메이의 모습은 내가 지금까지 봐온 것 중에서 가장 멋있고 당당했다.

　힘들었지만 낭만적이었던 옥탑방 시절이 지금도 그리운 이유는 메이가 함께 있었기 때문인 건 분명하다. 그 이후로 주거공간이 바뀌면서 메이는 자유로운 외출을 더 이상 할 수 없게 되었다. 그저 창문 밖 풍경을 가끔씩 구경만 할 뿐 집 안에서의 단조로운 생활에 적응해야 했다. 어느덧 시간은 흘러 메이는 그런 일상에 익숙해졌고 너무 익숙해진 나머지 대부분의 시간을 잠자는 데 써버렸다. 결국 뱃살은 축 늘어졌고, 예전엔 날아가는 파리도 점프해서 잡던 녀석이 이젠 시큰둥하니 신경조차 쓰지 않는다. 그 무렵부터는 회사도 바빠져 나도 늦게 귀가하는 일이 잦았고, 온종일 집 안에 메이 혼자 있어야 하는 시간도 점점 더 늘었다.
　주인인 나는 일에 지쳐 함께 있어도 무관심으로 일관하며 잘 놀아주지 않았고, 심심했을 메이는 그래도 주인을 이해해주듯 정물처럼 움직이지 않았다. 특별히 추억으로 남을 만한 일이 별로 없는 평범하고 나른한 일상이 오래 지속되었다. 아마 메이 입장에서 보면 밥 주고 똥 치워주는 것 외에 잘해주는 게 별로 없는 무심한 주인일지도 모른다, 나는. 그럼에도 메이는 아주 작은 일상의 행복을 전해준다. 짤막한 의사소통, 몇 초 동안의 눈 마주침, 사소한 손길만 닿아도 나에게 늘 무한하고 순수한 애정을 보여주는 것이다. 자신을 낳아준 엄마랑 생김새도 다른 별종인 인간에게 무한한 신뢰를 보낸다는 게 생각하면 할수록 놀랍고 신기하기만 하다. 한없이 고마운 건 두말하면 잔소리.

혼자서 집중해야 하는 시간이 많이 필요한 북디자이너는 아무래도 개인적인 성향이 강한 직업이다. 그래서일까? 고양이를 가만히 쳐다보고 있으면 섬세하고 조용하며 적당히 거리를 둘 줄 안다는 점에서 나랑 좀 닮은 구석이 있는 것 같다. 호기심이 많아 내 일거수일투족을 예의주시하면서도 방해하지 않고 집중할 수 있게 도와준다는 점에서 나에겐 최고의 반려동물이란 생각도 들고 말이다. 어느 날 갑자기 '그렇게 하지 말고 이렇게 해봐' 하며 훈수를 둘 것처럼 영민해 보일 때도 있다.

그동안 많은 사람들로부터 왜 개가 아닌 고양이를 좋아하느냐는 질문을 자주 들어왔는데, 우리나라에선 고양이를 키운다는 게

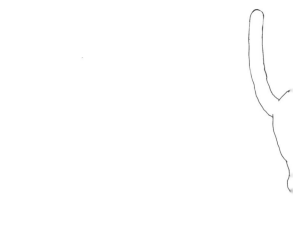

우리 집 고양이는 무릎 고양이 메이

김형균

아무래도 독특한 취향을 가진 사람으로 인식되는 측면이 있는 것 같다. 일반적으로 애완동물 하면 말 잘 듣고 감정 표현도 잘하며 심지어 재롱까지 잘 부리는 강아지를 더 선호하니까. 사람을 보면 경계하고 심지어 날카로운 발톱으로 할퀼 것만 같은 고양이를 과연 누가 좋아할까 싶기도 하다. 나조차도 메이를 키워보기 전엔 그런 생각을 해왔다. 뭐든 알려고 노력해보지 않으면 제대로 알 수 없는 것일까. 강아지를 외향적인 남성에 비유한다면 고양이는 내성적인 여성에 가까워서 고양이와 친해지려면 먼저 다가갈 줄 알아야 한다. 그렇게 먼저 말을 걸고 친해진다면 틀림없이 피상적인 시각으로는 잘 알 수 없는 '애교 많고 느긋하며 착한' 고양이 특유의 매력을 새롭게 발견할 수 있을 것이다.

메이 덕분에 혼자 있는 시간도 알고 보면 혼자가 아니었고 긴 시간도 그리 길게 느껴지지 않았던 것 같다. 그렇게 십 년 넘게 책 만드는 걸 옆에서 지켜본 메이는 우리가 파트너로 함께 책을 만들어왔다는 사실을 알고는 있을까?

그동안 내가 만든 책 표지에 뮤즈처럼 메이가 등장한 경우는 클라이언트잡인 까닭에 드문 게 사실이다. 나는 지금껏 많은 동물을 그려왔지만, 표지 디자인과 개인 작업을 통틀어 고양이를 등장시킨 작품은 채 열 개도 되지 않는다. 특별한 애정의 흔적들이 작품 속에 얼마라도 담겨 있었으면 좋았을 텐데, 내가 너무 표현에 인색했거나 애정이 부족했던 것 같다. 못난 아비가 마음의 여유가 없어서 그랬겠거니 하고 메이가 이해해주길 바라며 몇 작품만 소개하고 얼렁뚱땅 넘어가볼까.

《나의 미스터리한 일상》이라는 책 표지를 보면 메이의 뒷모습이 나온다. 그 당시 옥탑방에서 메이가 어딘가를 주시하고 있으면 나도 따라 그쪽을 바라보곤 했던 모습을 떠올리며 일러스트 작업을 한 것이다. 일상적이면서도 낯선 느낌을 주기엔 왠지 검은 고양이가 제격이란 생각이 들었는데 서정적인 느낌에 약간의 그로테스크한 책의 콘셉트와도 잘 맞아떨어졌다.

2006년 예술의전당 한가람 디자인미술관에서 열린 〈디자인 메이드 On-Line전〉에 참여한 적이 있다. 그때 북디자인과 일러스트를 접목시켜 한 권 한 권의 책 표지가 모여 연속적인 이미지로 무한하게 확장된다면 어떨까 하는 발상에서 〈On-Line Book〉 작업을 시도했다. 그 작품 중 두 번째 책의 발상으로 메이가 등장하는데 자칫 밋밋할까 싶어서 검은색 몸에 흰색 털을 조금 심어줬더니 메이가 아닌 것 같아 좀 아쉽긴 했다. 하지만 그렇게라도 메이를 관람객들에게 선보일 수 있어서 뿌듯했던 기억이 난다.

우리 집 고양이는 무릎 고양이 메이

김형균

그 밖의 개인 작업 중에 검은 고양이를 타고 다니는 마녀를 상상하며 그린 일러스트가 있는데, 튼실한 체격으로 그려지긴 했어도 메이를 유심히 관찰한 뒤 그린 거라 제대로 된 초상화라고 불러도 무방한 작품이다. 최근엔 어느 가방 디자이너가 그 그림으로 직접 클러치백을 만들어 선물해주었다.

마지막으로 소개할 책은 《장유경의 아이 놀이 백과》로, 아기와 친숙한 모습의 고양이를 책 표지로 잡고 그림을 그렸다. 우리나라에선 아직도 아기에게 고양이는 유해하다는 인식이 일부 있지만, 외국에선 오히려 반려동물로서 아기의 정서발달이나 면역력 증진에 효과적이라고 여겨진다는 걸 알려주고 싶었다. 물론 완성된 고양이가 행복한 느낌을 전달하는 역할도 톡톡히 해줘서 더할 나위 없이 만족스러운 작업이었다.

새삼 고양이와 관련된 지나간 작업들을 뒤져보니 좀 더 열정적으로 작업할 걸 그랬다, 하는 아쉬움이 드는 것도 사실이다. 솔직히 고백하자면 이 책을 통해서 나의 반려동물이 소개되는 것 자체가 메이에게 해줄 수 있는 최고의 선물이 아닐까란 생각에 참여를 결심했다. 두고두고 펼쳐보며 함께 지내온 오랜 시간을 추억할 수 있을 테니까. 내가 메이에게 준 것보다 메이가 내게 준 사랑이 더 크다는 걸 늘 기억할 수 있을 테니까. 고맙다, 메이.

　　인하우스 디자이너로 십여 년간 근무하다 결혼과 동시에 프리랜서로 독립하여 작은 북디자인 작업실을 운영하고 있다. 작업실은 일부러 볕이 잘 들고 집처럼 편안한 공간을 택했는데 그 이유는 메이와 편히 지내기 위해서였다. 예전에 회사 다닐 때보다 메이와 함께 지내는 시간도 많아지고 가끔씩 찾아오는 손님들도 관심을 가져주니 여러모로 다행이라는 생각이 든다. 이젠 노년에 가까운 메이를 보며 언젠가 헤어질 날이 오겠지 하는 생각이 들면 마음 한 구석이 찡하니 아려온다. 디자인 작업에 빠져 있는 나를 언제나 초록빛 눈망울로 바라봐주었는데 만일 녀석이 없다면 그 빈자리가 얼마나 클지 상상조차 할 수가 없다. 처음 만난 게 엊그제 같은데 참으로 긴 시간이 흘렀다.

　　겨울만 되면 어찌나 춥다고 야단인지 호시탐탐 무릎에 앉을 기회만 엿보던 무릎 고양이 메이. 키보드를 베개 삼아 누워 귀찮게 방해를 일삼던 장난꾸러기 메이. 곯아떨어지면 팔다리를 부르르 떨면서 잠꼬대하던 게으름뱅이 메이. 방금 야단맞았는데도 살짝만 쓰다듬어주면 금세 좋아서 그르렁 소리를 내던 순둥이 메이.

메이와 함께한 시절이 강물 위에 반사되어 반짝이는 햇살처럼 아련하게 수놓아져 있는 느낌이다. 오늘도 따스한 오후 햇살을 받으며 잠든 메이에게 나는 묻고 싶다.

"메이, 너도 날 만나서 행복하니?"

작가와 고양이

1판 1쇄 발행 2016년 1월 7일

지은이   윤이형, 박형서, 우석훈, 곽은영, SOON, 염승숙,
         이민하, 손보미, 김경, 이평재, 김형균
펴낸이   윤혜준
편집장   구본근
디자인   오필민디자인

펴낸곳   도서출판 폭스코너
출판등록 제2015-000059호(2015년 3월 11일)
주소   서울시 마포구 성미산로16길 32 2층(우03986)
전화   02-3291-3397
팩스   02-3291-3338
이메일   foxcorner15@naver.com
페이스북 www.facebook.com/foxcorner15

종이 · 일문지업(주) 인쇄 · 대신문화사 제본 · 국일문화사

ⓒ 윤이형 박형서 우석훈 곽은영 SOON 염승숙 이민하 손보미 김경 이평재 김형균, 2016

ISBN 979-11-955235-3-5 03810

* 이 책의 전부 또는 일부 내용을 재사용하려면 저작권자와
  도서출판 폭스코너의 사전 동의를 받아야 합니다.
* 잘못된 책은 구입하신 서점에서 바꾸어드립니다.
* 책값은 뒤표지에 표시되어 있습니다.

* 이 도서의 국립중앙도서관 출판예정도서목록(CIP)은 서지정보유통지원시스템 홈페이지
  (http://seoji.nl.go.kr)와 국가자료공동목록시스템(http://www.nl.go.kr/kolisnet)에서
  이용하실 수 있습니다. (CIP제어번호 : CIP2015035066)

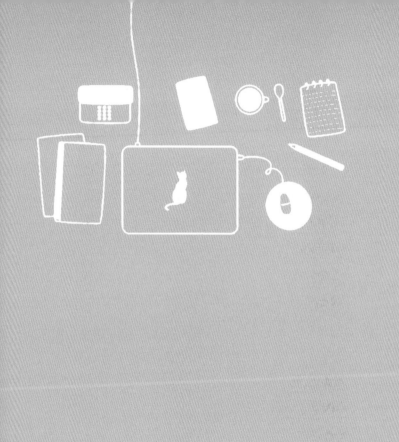